KB095374

어린 왕자에게 들려주는

커피 이야기

1

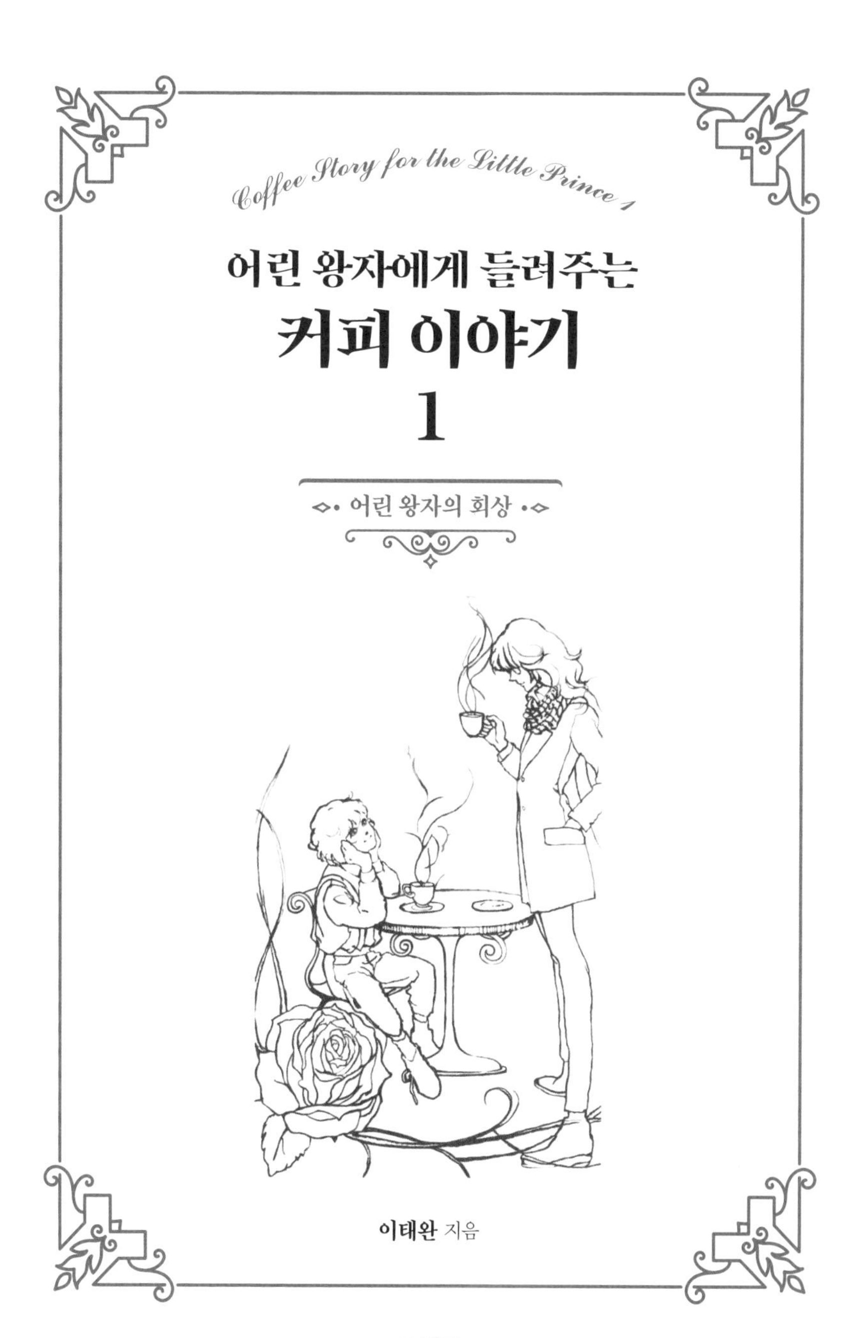

Coffee Story for the Little Prince 1

어린 왕자에게 들려주는 커피 이야기 1

어린 왕자의 회상

이태완 지음

좋은땅

지은이의 말

어느 날부터일까. 오래전부터 마음에 품고 갈망하던 것들이 눈 녹듯이 사라져 버렸습니다. 오랜 시간을 말하지 못하고 고민하던 것들이 허무하게 느껴질 만큼 커피에 대한 편견과 그동안 쌓아 온 주입된 지식들이, 벽이 허물어지듯 사라져 버렸습니다. 이젠 손에 잡힐 듯 희롱하며 사라져 버린 바람 같은 존재들이 굳이 의식을 하지 않아도 신경세포 하나하나에서 살아 숨을 쉽니다. 어느 날 그렇게 벽이 허물어져 버린 후, 이 동화 같은 이야기는 시작됩니다.

오래전 홀로 쓸쓸히 자신의 별로 돌아가 버린 어린 왕자를 우린 이 지구별에 남아 오랜 시간을 기다렸습니다. 그 누군가가 그를 다시 이 지구별로 불러내어 주길 간절하게 원하면서…. 그러나 어린 왕자는 다신 돌아오지 않았습니다.

우린 먼 하늘 속 빛나는 별 어딘가에 있을 그를 무척 그리워했지만 어쩌면 자연계에 속한 어린 왕자나 장미는 저 먼 곳 혼자 빛나는 별처럼 너무나 맑고 순수하여 이젠 우리의 가슴속에 남겨진 아련한 그리움뿐일지도 모릅니다.

하지만 훗날 우리가 그랬던 것처럼, 우리의 아이들이 밤하늘의 별을 보며 멀리 떠나간 어린 왕자를 그리워할 때, 그의 다음 이야기가 없음을 아쉬워할 때, 언제든 꺼내어 미소 지을 수 있는 존재를 이 땅에 좀 더 남겨 두고 싶었습니다. 이제 늦은 가을 어느 날 운명처럼 찾아온 이 호기심 많은 꼬마 친구와의 대화를 통해 세상과 단절되어 있던 내면의 감추어 둔 소중한 이야기들을 하나둘씩 세상에 꺼내어 보려 합니다. 이야기는 총 다섯 권으로 구성되어 있습니다.

♦1권_ "어린 왕자의 회상"

자신의 별로 돌아간 어린 왕자가 신기한 지구별 기차역에서 만난 칠흑빛 머리칼아저씨가 준 마법 책을 통해 지구별 사람들의 삶과 예술 그리고 커피를 통해 성장하는 과정을 담았습니다.

♦2권_ "어린 왕자의 두 번째 여행"

장미와 함께 자신의 작은 별을 떠나, 여섯 곳의 소행성 주인들과의 재회 그리고 그들이 가진 사연과 아픔을 이야기하며 치유하는 과정을 담았습니다.

♦3권_“어린 왕자의 귀환”

지구별에 도착한 어린 왕자가 칠흑빛 머리칼 아저씨와 함께 커피와 블랜딩에 관해 연구하고 배워가는 과정을 그렸습니다.

♦4권_“소울 메이트를 찾아서”

어린 왕자가 지구별을 여행하며 자신의 영혼의 친구와 같은 커피를 찾아가는 과정을 그렸습니다.

♦5권_“어린 왕자와 비밀의 문”

어린 왕자가 오랜 여행과 경험 그리고 비밀의 문을 통해 블랜딩 마스터가 되는 이야기로 구성되어 있습니다.

우리가 살고 있는 이 물질계는 갈수록 발전하고 있지만 그에 반해 우리의 내면과 영혼은 점점 삭막해지고 있는 이 땅에서, 한 줌 쉴 틈 없이 자기 계발에 내몰리는 서글픈 우리의 육신을 위해 그리고 자신의 감성보단 이성과 현실에 타협하는 지친 우리들의 영혼을 위해….

짧은 만남이든 오랜 만남이든 인연이 있든 없든 우리 모두는 같은 시대 같은 세상에 살며 공존하고 있습니다. 이제 우리의 세대가 다음 세대로 넘어가기 전, 가볍게는 커피 이야기에서부터 깊게는 삶의 이야기까지 오랜 동행에서 얻은 보석 같은 이야기들을 함께 나누고자 합니다.

프롤로그

6세기경 에티오피아의 카파 고원에서 커피를 처음으로 발견한 목동 카이. 그는 자신이 처음 발견한 커피를 통해 양을 치는 목동에서 무역 상인으로 성장합니다. 그는 자신이 발견한 커피를 대량 생산할 수 있게 되었고 이 커피를 세상에 알리고자 하는 원대한 꿈을 꾸었지만, 그는 그만 첫 항해에서 바다의 거센 폭풍과 싸우다 사랑하는 여동생 마리 엔을 홀로 남겨 둔 채 다신 돌아오지 못합니다. 그렇게 카이는 꿈을 이루지 못한 채 짧은 생을 마감합니다.

그 후 카이는 1500년 후 칠흑빛 머리칼의 아저씨로 이 세상에 다시 태어납니다. 그는 현세에서도 커피를 운명처럼 사랑하였고 결국 커피의 비밀스러운 블랜딩에 대한 법칙까지 깨닫지만, 이 세상 역시 그의 꿈을 이루기엔 어려움이 많았습니다.

그러나 그는 오래전 그의 전생인 카이가 그랬던 것처럼, 그 역시 자신의 커피를 세상에 알리고자 하는 꿈을 포기하지 않습니다. 그리고 그는 지치고 힘들 때마다 밤하늘의 별을 보며 어디엔가 있을 어린 왕자를 떠올리곤 합니다. 그 이유는 그의 유년시절 《어린 왕자》를 처음 읽었던 그때가 그의 가장 행복한 시절이었기 때문입니다. 그는 자신의 어린 시절을 언제나 그리워했습니다.

그러던 어느 날 그는 삶의 필연처럼 꿈을 통해 과거와 현재가 평행처럼 이어진 시간의 터널을 지나 그가 그렇게 그리워하던 황금빛 머리칼의 꼬마 소년, 동화 속의 어린 왕자를 만나게 됩니다. 그들은 운명처럼 가까워졌고 별이 쏟아지는 사하라 사막에서 깊은 우정을 맺게 됩니다. 비록 꿈속이었지만 헤어지기 싫어하는 어린 왕자에게 그는 자신의 전부라 할 수 있는 커피의 비밀이 담긴 낡은 마법 책을 선물하며 그와 어린 왕자의 끝나지 않는 꿈같은 이야기는 시작됩니다.

어떨 땐 현실 같기도, 또 어떨 땐 환상 같기도 한, 이 동화 이야기는 그가 겪었던 실제의 사건을 기반으로 구성하였으며 지금도 그는 별이 높이 뜨는 밤이면 시간과 공간의 터널을 지나 어린 왕자와 함께 아름다운 여행을 하고 있습니다. 언제나 달과 별이 숨을 쉬는 그 밤에.

글: 이태완 / 인물그림: 안지영 / 일러스트: 이하연

CONTENTS

어린 왕자에게 들려주는 블랜딩 커피 이야기

비하인드 스토리/카이의 이야기

인물 소개

어린 왕자

마음 끝에 있는 소중한 보물을 찾기 위한 지구별 여행에서 자신의 소행성으로 돌아온 어린 왕자는 사하라 사막에서 만난 칠흑빛 머리칼의 지구별 아저씨가 준 마법 책을 통해 커피에 대해 알아 가지만 곧 한계를 느낍니다. 결국 어린 왕자는 자신의 작은 별을 떠나 장미와 함께 지구별 아저씨를 만나기 위한 두 번째 여행을 다짐합니다.

장미 요정

지구별 여행에서 돌아온 어린 왕자에게 "선물로 가져온 것이 하필이면 꽃을 한 입에 먹어 버릴 수도 있는 '양'이냐며 참 센스 없다"라고 투덜거리는 장미이지만, 아름답고 귀여운 장미 요정의 마음 끝엔 언제나 어린 왕자뿐이었습니다. 예전엔 자신도 그걸 몰랐을 뿐이지요. 이제 장미는 이 작은 별에서도 어린 왕자와 단 한시도 떨어지길 싫어합니다.

칠흑빛 머리칼의 지구별 아저씨(카이의 현생)

그는 현생에도 예전의 카이처럼 커피를 운명처럼 사랑하였고 오랜 노력 끝에 커피의 블랜딩 법칙에 대한 깨달음을 얻지만 이 세상에서도 자신의 소망을 이루기엔 어려움이 많았습니다. 그러던 중 그는 어느 날 꿈을 통해 과거로의 여행을 하게 되었고 그곳 옛 사하라 사막의 기차역에서 어린 왕자를 만나게 됩니다. 그는 꿈속에서 깨어나기 전, 헤어지기 싫어하는 어린 왕자에게 자신의 전부라 할 수 있는 커피의 비밀이 담긴 책을 선물하며 언젠가는 어린 왕자가 자신을 찾아오길 간절히 소망합니다.

카이

에티오피아의 카파 고원에서 커피를 처음으로 발견한 칠흑빛 머리칼의 소년 카이. 그는 자신의 꿈을 이루기 위한 첫 항해에서 바다의 거센 폭풍과 싸우다 사랑하는 여동생 마리 엔을 고향에 홀로 남겨 둔 채 다신 돌아오지 못합니다. 그 후 1500여 년이 지난 어느 날 그는 칠흑빛 머리칼을 간직한 채 이 세상에 다시 태어납니다.

지구별 여행에서의 귀환

어린 왕자의 회상

어느 날, 지구별 여행에서 자신의 작은 별로 돌아온 어린 왕자는 그리워하던 장미를 만난 반가움도 잠시뿐, 비행사 아저씨가 준 상자 속에서 꺼낸 양 한 마리에 깜짝 놀라 높은 옥타브의 비명을 지르는 장미를 진정시키느라, 한참 동안을 애를 먹었답니다. 어린 왕자는 양의 입마개에 가죽 끈이 없다는 걸 알고는 또 한 번 식은땀을 흘립니다.

어른들은 "정말 중요한 게 뭔지 몰라" 내가 분명히 비행사 아저씨에게 양이 꽃을 먹지 못하도록 입마개와 가죽 끈을 그려 달라고 그렇게 부탁했는데! 어린 왕자는 여전히 옆에서 투덜거리며 이것저것 요구하는 장미를 힐끗 쳐다봅니다. 가시 네 개만 있으면 호랑이하고도 싸울 수 있다며 큰소리치던 장미가 겨우 양 한 마리에 놀라 부들부들 떠는 모습이 내심 재미있기도 했지만!

그와는 다르게 쉬지 않고 들려오는 장미의 따가운 잔소리에 어린 왕자의 손은 유리 덮개를 찾느라 바쁘게 움직입니다. 오랜 시간 자신을 혼자 두고 떠난 여행에서 고작 귀환 선물로 가져온 것이 꽃을 한순간에 먹어 버릴 수도 있는 '양'이냐며 참 센스 없다고 투덜대는 장미를 어린 왕자는 애써 외면합니다.

에이. 그냥 지구별에 있을 걸 그랬나! 그동안 지구별에 머물다 사하라 사막에 살던 노란 뱀의 이상한? 도움으로 자신의 고향인 B612 소행성으로 돌아온 어린 왕자는 아름다운 노을이 비치는 하얀 빈 잔에 김이 모락모락 나는 향기로운 커피를 가득히 채웁니다.

이 커피는 여행 중에 얻은 몇 안 되는 소중한 소득 중 하나입니다. 어린 왕자가 지금처럼 노을을 더욱 풍요롭게 감상할 수 있는 행운을 준 칠흑빛 머리칼 아저씨를 만난 건 지구별의 사하라 사막에 있는 신비한 기차역에서였답니다.

한 해 전 이 큰 별에 도착한 어린 왕자는 모래 언덕 위를 터벅터벅 걸어가고 있었습니다. 이곳에 도착한 지 거의 1년여가 되어가지만, 이렇게 크기만 하고 황량한 별은 처음이었습니다. 이 지구별을 어린 왕자에게 추천한 건, 여섯 번째 소행성의 주인이었던 긴 수염 할아버지였습니다.

그는 하얗고 긴 수염을 책상 밑까지 늘어트린 채, 자신의 별을 지나가는 여행자들을 초대하여 지식의 습득이나 사물에 대해 기록하는 지리학자였습니다. 하지만 언제나 책상에 앉아 있을 뿐, 직접 여행을 하거나 모험을 하지는 않았지요. 할아버지는 언제나 세상 밖은 위험하다고 생각하고 있었습니다.

그러고 보면 이 세상엔 크게 두 가지 부류의 사람들이 있습니다. 우주의 신비함과 별들의 아름다움을 사랑하여 직접 우주를 탐험하고 모험을 하는 사람과 그와는 반대로 자신의 안전을 위해 멀리서 관측만 하는 사람이 있지요. 학자 할아버지는 후자인 관찰자로서만 탐구하고 기록하는 사람이었습니다.

이런 사람들일수록 계산하기 좋아하고 일을 시작하기도 전에 승패를 저울질합니다. 그건 행동과 경험에서 얻어지는 체험적 사고가 부족하기에 모든 것을 객관적인 데이터에만 의존하였기 때문이었습니다. 하지만 삶이란 객관적인 것이 아닌 주관적인 것이라고 어린 왕자는 생각합니다.

결국, 자신을 교묘하게 탐험가라고 치켜세우던 학자 할아버지 덕에 어린 왕자는 이 지구라는 별에 방문하게 되었습니다. 꼭 자신의 별에 다시 들러 달라는 학자 할아버지의 부탁과 함께 말이지요.

그렇게 떠난 어린 왕자가 지구별에 도착했을 때 깜짝 놀란 건, 이 파란 별에 태양이 지고 뜰 때마다 수없이 밝게 켜지는 가로등이었습니다. 이 지구별이 어두워질 때마다 조그만 가로등 불빛이 무리 지어 이동하며 밝혀지는 모습은 마치 온 우주에 존재하는 은하수를 모두모아 별 위에 뿌려 놓은 것처럼 멋지고 아름다웠습니다.

하지만 그런 감성적인 마음도 잠시뿐, 지금 어린 왕자의 발에 서벅서벅하게 밟히는 이 모래사막은 너무 외롭고 황량하기만 합니다. 어린 왕자는 이 사막의 뜨거움과 쓸쓸함에 점점 지쳐 가고 있었습니다. 어떨 땐, 누군가 몹시 그리워 모래 언덕에 올라 힘껏 소리도 질러 보았지만 돌아오는 건 바람의 메아리뿐이었습니다.

얼마 전엔 귀여운 사막여우를 만나고 수만 송이의 아름다운 장미들과 이야기도 나누었지만, 마음 끝에 품은 근본적인 의문들은 사라지질 않습니다. 언제부터인가 겪고 있던 이런 마음의 혼란스러움은 자신의 작은 별에서 바라보던 아름다운 노을 앞에서도 그리고 장미 앞에서도 채워지질 않았습니다. 그동안 마음속에서 맴돌던 꼬리에 꼬리를 무는 생각의 행렬들은 마음에 소음만 크게 일으킬 뿐이었습니다. 이는 결국엔 어린 왕자가 자신의 별을 떠나게 된 이유이기도 했습니다.

하지만 자신의 작은 별에서나 이 큰 지구별에서나 상황은 똑같았습니다. 간혹 길을 헤매다 우연히 마주치는 표지판에 방향을 바꿔 보기도 했지만 '바로 이것이다'라고 생각되는 마음의 끝을 알려 주는 표지는 눈에 보이질 않았습니다. 그러던 어느 날 문득 깊은 마음속에 작은 깨달음이 생깁니다.

멀리 떨어진 나의 작은 별에서나, 지금 내가 서 있는 이 큰 지구별에서나, 내 마음의 혼란스러움은 변함이 없구나. 어쩌면, 처해진 환경에 상관없이 내 마음속 깊은 곳에서 울리는 음성에 귀를 기울인다면 내 앞에 놓인 문제는 달라질지도 몰라! 그렇다면 마음의 해석에 따라 문제를 바라보는 시각도 그에 따른 행동과 결과도 그리고 언젠간 삶의 끝도 달라지겠지. 이 모든 것들이 변하지 않는 진실한 마음에서 나온다면 말이야.

그렇게 어린 왕자는 순간순간 깨달음을 얻으며 자신의 내면의 껍질을 조금씩 깨트리고 있었습니다.

바로 그때였습니다. 순간의 깨달음에 빠져 있던 어린 왕자의 눈앞에 모래바람이 천천히 휘돌기 시작한 순간이…. 이 작은 바람은 처음엔 한 알의 모래알도 들기 힘겨워하더니, 시간이 지날수록 거대해지고 강해졌습니다. 모래바람은 어느새 자신의 힘을 과시하듯이 수많은 모래알들로 어린 왕자를 덮치며 길을 가로막습니다. 작은 발은 금세 모래 속에 파묻혔으며 바람 앞에 몸을 가누며 힘들게 버티던 야윈 몸도 점점 모래 속에 잠겨 갑니다.

아! 그냥 지구별에 오지 말 걸 그랬나. 마음에 후회가 밀려오기 시작합니다. 고난이 닥쳐 오니 자신의 별도 그리워지고 투덜거리던 새침한 장미도 너무나 보고 싶습니다. 집 떠나면 고생이라더니!

그렇게 얼마간의 시간이 흘렀을까. 모래폭풍 속에서 간신히 버티던 어린 왕자의 눈빛이 힘을 잃어 가기 시작합니다. 이젠 더 이상 버티기가 어려웠습니다.

그렇게 폭풍 속에 주변의 모든 것들이 깊이 파묻혀 갈 때쯤, 아주 오랜 옛날 그 험한 파도가 신의 호통으로 잠잠해졌듯이, 사납게 몰아치던 모래폭풍이 갑자기 부서지듯 흩어지기 시작합니다. 그 순간 시간이 정지한 것처럼 모든 혼란스러움은 사라져 버리고 눈부신 빛과 함께 보석처럼 아름다운 아치형의 문이 모습을 드러냅니다.

눈이 시리도록 아름다운 문 뒤편으로 서서히 모양새를 갖추어 가는 고풍스러운 건축물들과 뭉클거리며 연기를 내뿜는 기차들의 모습은 마치 구름에 가려진 달과 별처럼 잠시 보이지 않았을 뿐 아주 오래전부터 이곳에 서 있었다는 듯이 위용을 뽐내고 있었습니다.

그새 몸을 털고 일어나 종종걸음으로 간신히 기차역에 도착한 어린 왕자의 마음은 지난날 파란 지구별 위로 둥둥 떠다니던 가로등 불빛들처럼 놀라움으로 물듭니다.

이곳엔 수많은 사람들이 모여 있었습니다. 그러나 그들은 여행 중에 만난 작은 별의 주인들처럼 오랜 시간을 한곳에 머물러 있지는 않았습니다. 사람들은 무언가에 쫓기는 것처럼 열차가 올 때마다 서둘러 올라타곤 동서남북으로 사라져 갔습니다.

그리고 그 빈 공간은 금세 또 다른 사람들로 가득가득 채워졌습니다. 그들은 어느 순간 하얀 대리석 계단 위에서도 또는 네모진 벽돌이 천장까지 쌓인 붉은색 기둥 앞에서도 불쑥 불쑥 나타나 어린 왕자의 눈앞을 총총히 스쳐 지나갑니다.

오랜 시간동안 우주의 수많은 작은 별 사람들에게 전해지던 이야기는 사실이었습니다. 이곳은 그동안 소문으로만 듣던 시간과 공간이 평행처럼 이어지는 아주 비밀스럽고 신비한 장소였기 때문입니다.

도대체 이 많은 사람들은 어디에서 왔고 어디를 향해서 가는 걸까?

어린 왕자는 이 궁금증을 풀어 줄 만한 사람을 찾기 위해 주변을 둘러보았지만 모두들 무언가에 쫓기듯 빠른 걸음으로 자신의 곁을 지나칠 뿐이었습니다.

어린 왕자는 사막에서도 그리고 수많은 사람들이 모여 있는 이 신비한 기차역에서도 여전히 혼자였습니다. 그리고 멀리 떨어진 자신의 작은 별에 남아 있을 장미 역시 혼자였지요.

장미 역시 지구별의 어린 왕자처럼 홀로 남겨진 별에서 자신의 마음의 끝을 찾기 위해 애를 쓰고 있는지도 모릅니다. 어쩌면 그렇게 우린 각자의 자리에서 저마다 자신의 마음의 끝을 찾기 위한 여행을 하고 있는지도 모르겠습니다.

그때 어디선가 불어온 청명한 바람이 깊은 생각에 잠긴 어린 왕자의 머리칼을 스치고 지나갑니다. 바람은 살아 있는 생명처럼 기차역을 한 바퀴 기웃거리며 돌더니, 곧 광장 한가운데로 모여 들어 세차게 원을 그리기 시작합니다. 시간이 지날수록 강해지던 바람은 점점 충돌하며 커지더니 곧 하얀 빛과 함께 공간이 갈라지며 터져 나가기 시작합니다.

그렇게 잠시 후, 모든 빛과 바람이 잠잠해지고 그 자리에 모습을 드러낸 건 유난히 빛나는 칠흑빛 머리칼의 아저씨였습니다. 빛과 함께 나타난 그는 처음엔 깜짝 놀란 표정으로 주위를 두리번거렸지만 이곳에 금방 익숙해졌는지 기차역 이곳저곳을 돌아보며 연신 감탄을 하고 있었습니다. 그 모습을 지켜보던 어린 왕자의 눈이 순간 반달처럼 꺾이며 반짝입니다.

그는 아까 전부터 느껴지는 왠지 모를 따가운 시선에 주위를 두리번거립니다.

이상하네! 누가 날 보고 있나! 이곳에서 날 아는 사람은 없을 텐데!

그렇게 주변을 두리번거리던 그는 한쪽 모퉁이에 서 있던 황금빛 머리칼의 어린 소년과 얼떨결에 눈을 마주치고 맙니다. 이때다 싶던 어린 왕자는 아저씨를 향해 달려갑니다. 초롱초롱한 눈빛과 미소를 휘날리며 말이지요!

지금 어린 왕자에겐 노란 뱀이나 여우와의 만남은 중요하지 않았습니다. 이곳에 대한 호기심만 가득할 뿐이었지요. 어린 왕자는 아저씨의 소매에 매달리며 폭풍처럼 질문을 쏟아 냅니다.

아저씬 어디서 오는 거예요!

그리고 이곳은 어디죠?

그리고 다들 어디로 떠나는 건가요?

갑작스러운 질문에 깜짝 놀란 그는 멍하니 작은 눈만 깜빡깜빡

거립니다. 그 모습이 재미있었는지 어린 왕자는 더욱더 초롱초롱한 눈빛으로 아저씨를 바라봅니다.

꿈속 여행

그는 지금 무척 혼란스러웠습니다. 루시드 드림(자각몽)이라 하여 자신은 어쩌다 한 번씩 꿈이란 것을 자각한 채 꿈을 꾸곤 하였습니다. 길지 않은 시간이었지만 그곳에선 자신이 원하는 건 무엇이든지 할 수 있었었습니다. 비록 꿈속이었지만 스스로 꿈이란 걸 알고 있었기에 가능한 일이었습니다.

하지만 오늘의 꿈은 처음 시작부터 무척이나 이상했습니다. 그는 잠이 들자마자 마치 자신의 영혼이 아주 깊고 긴 터널 속으로 빨려 들어가고 있음을 느꼈습니다. 그곳은 마치 블랙홀처럼 매우 어둡고 심연처럼 깊었으며 구불구불한 긴 터널을 한참이나 지나 무언가 자신의 몸을 더욱 힘 있게 빨아들인 후, 다시 빛과 함께 뱉어 놓은 곳이 바로 이곳이었습니다.

한동안 그는 정신을 차릴 수가 없었습니다. 눈앞에는 오래전

연기를 내뿜던 옛 기차들이 서 있었고 사람들은 기차를 타기 위해 서성거리고 있었습니다. 이곳엔 수많은 사람들이 모여 있었고 그들은 기차를 타고는 어디론가 빠르게 사라져 갈 뿐이었습니다.

그가 우연히 발견한 하얀 대리석 기둥에 걸린 벽시계의 바늘은 마치 다람쥐 쳇바퀴처럼 빠르게 돌아가고 있었습니다. 어쩌면 이곳에서의 시간은 아무런 의미가 없는 것일지도 모르겠습니다.

그는 주변을 바쁘게 돌아다니며 이곳이 1900년대 중반쯤의 시대라는 것을 알게 되었습니다. 그리고 비록 꿈속이었지만 과거로의 여행에 그는 연신 감탄을 하고 있었지요.

하지만 오늘 그에게 일어난 일은 단순한 과거로의 회기뿐만이 아니었습니다. 지금 자신 앞에 서 있는 어린 소년을 보자 그의 심장이 터질 듯이 쿵쾅거리기 시작합니다.

갸름하고 하얀 얼굴, 하늘을 닮은 파란 눈과 잘 익은 밀밭처럼 물결치는 황금빛 머리칼, 종아리까지 닿을 듯한, 붉은 깃을 단 파란 턱시도와 양쪽 어깨에 달린 별 모양의 견장 그리고 마지막으로 허리춤에 앙증맞게 걸려 있는 레이피어….

설마!

이럴 수가.

여긴 그냥 과거가 아닌 동화 속 세상이었어….

어린 왕자가 숨 쉬고 있는….

그의 눈에 눈물이 그렁그렁하니 맺힙니다. 그도 그럴 것이 그에게 어린 왕자의 존재는 정말 특별했습니다. 그 이유는 그의 삶 중에 가장 완벽하고 행복했던 때가 바로 어릴 적, 엄마가 《어린 왕자》를 읽어 주던 바로 그때였기 때문입니다.

그땐 자신이 사랑하던 어린 강아지부터 그를 사랑했던 사람들 모두가 그의 곁에 있었습니다. 그 시절 그는 달에서 방아를 찧는 달 토끼를 믿었으며 별똥별을 먹으면 힘이 세어진다는 말에 하루 종일 이상한 모양의 검은 돌을 찾으러 다녔습니다. 그리고 밤이 되면 엄마의 무릎을 베고 누워 어린 왕자를 찾아 하늘의 별을 헤아렸고, 긴 꼬리를 그리며 떨어지는 별똥별을 보면 어린 왕자를 만나게 해 달라고 소망을 빌었습니다.

어느 날 갑자기 사랑하는 이 모든 것들이 그의 곁에서 사라져 버린 후, 그 아픔과 슬픔 속에서도 그를 다시 일으켜 세울 수 있었던 건 그 어린 시절의 아름다운 추억 때문이었습니다. 가장 행복했던 그때로 다시 돌아가고 싶은 강한 열망 때문에 그는 세상의 고난을 모두 이겨 낼 수 있었던 것입니다.

그런데 그때의 그 어린 왕자가 숨을 쉬며 자신 앞에 서 있었습니다. 파란 눈을 동그랗게 뜬 채 자신의 대답을 기다리며…. 어떻게 된 일인지는 모르겠지만 자신은 시간을 되돌아 과거로 왔고 그것도 살아 있는 동화 속 세상에 들어와 있었습니다. 이젠 그가 그토록 바라던 어릴 적 소망이 이루어졌습니다. 그의 눈가에 머물던 눈물이 또르르 떨어집니다.

아저씨!
왜 눈물을 흘리세요?
어린 왕자가 소매를 당기며 물어봅니다.
아!
아니란다.
눈에 모래가루가 들어갔나 보구나!

아!
그렇지요.
여기가 사막이라 모래가 많아서 그래요.

그는 얼른 소매로 눈물을 훔치고는 어린 왕자를 바라봅니다. 만약에 생텍쥐페리가 살아 있었다면 이 광경을 보고 무슨 말을 할까? 꿈속의 어린 왕자는 책 속의 어린 왕자와는 다르게 자유의지를 가지고 있었고 스스로 생각하고 행동하고 있었습니다. 생각해 보니 생텍쥐페리 역시 사람들에게 말은 안 했지만, 어쩌면 실제로 사막에서 어린 왕자를 만났을지도 모릅니다.

하지만 아무도 그의 이야기를 믿어 주지 않았기에 동화책으로 엮어 내었는지도 모르지요. 자신의 소매를 끌어당기는 어린 왕자를 바라보는 그의 눈가에 흐뭇함이 묻어납니다. 지금 이 순간이 그는 너무나 행복했습니다.

아이 참.
아저씨는 어디서 오신 거예요?

근데 도대체 이 질문에 뭐라고 설명을 해야 할까? 여긴 꿈속이고 자신은 조금 떨어진 미래에서 왔다고! 아니면 여긴 동화 속 세상이고 넌 동화 속의 주인공이라고?

그러나 그는 지금 어린 왕자가 실존 인물일지도 모른다는 생각을 하고 있었습니다. 그렇지 않고서는 지금의 상황을 이해할 수 없었기 때문입니다. 어쨌든 그는 현재의 행복에 충실하기로 마음먹습니다.

응!

아저씬 고요한 아침의 나라에서 왔단다.

그곳은 아주 밝고 아름다운 곳이지.

그리고 믿어지진 않겠지만 아저씬 시간을 거슬러 과거로 온 것 같구나.

아니에요!

전 믿어요.

저 역시 멀리 떨어진 별에서 왔거든요.

그리고 이 세상엔 우리가 알 수 없는 이상한 일들이 많다는 것도 알고 있어요.

물론 이것도 그중에 하나겠지요.

그러면 여기는 어딘가요?

아!

이곳은 말로만 듣던 과거와 미래가 동시에 존재하는 장소인 것 같구나. 아마도 이곳은 시간과 공간이 중첩된 곳일 거야.

참, 신비롭게도 사막의 한가운데 서 있는 이 기차역에 말이지.

그는 지금도 이곳이 너무나 신기한지 주위를 둘러봅니다. 사람들의 복장은 시대를 초월하고 있었고, 그들의 공통점은 모두 기차를 애타게 기다린다는 것뿐이었지요.

아마 사람들은 삶의 소망을 찾기 위해 이곳에 온 것일 거야.

사람들은 언제나 마음속 끝을 찾아 떠나거든.

그럼 모두들 저처럼 여행을 하나 봐요.

저 역시 제 마음을 찾으러 다니는 중이에요.

하지만 아직은 잘 모르겠어요.

제 마음의 끝이 어디에 있는지요.

어린 왕자의 말에 아저씨가 고개를 끄덕입니다.

다들 그렇단다.

아마 이곳 사람들 역시, 어디에 있는지 모를 그 마음의 끝을 찾기 위해 떠나는 거겠지.

그들 앞엔 아직도 수많은 사람들이 기차가 도착하기를 기다리며 서성거리고 있었습니다. 어떤 사람은 손을 주머니에 찔러 넣은 채, 발을 동동거리고 있었고, 또 어떤 사람은 손에 든 신문을 읽으며 벽에 걸린 시계를 힐끔거리고 있었습니다. 사람들은 저마다 각자의 사연을 간직한 채, 기차가 도착하기를 초조하게 기다리고 있었습니다.

그럼 저 많은 사람들은 기차를 타고 어디로 가는 걸까요?

어린 왕자의 질문에 그는 잠시 기차를 물끄러미 바라보며 말합니다.

글쎄 그건 나도 정확히 알 수는 없구나.

다들 같은 기차에 올라타긴 하지만 아마도 목적지는 서로 다를 거란다.

어떤 사람들은 자유나 명예 또는 돈과 권력을 얻기 위해 갈 수도 있고 또 어떤 사람들은 사랑하는 가족이나 연인을 찾기 위해 가는 것일 수도 있겠지.

분명한 건 그들 모두 자신의 마음 끝에 닿아 있는 것을 찾기 위해 떠나는 것일 거야!

그건 굉장히 소중한 것이거든.

아저씨의 말에 어린 왕자는 고개를 끄덕입니다.

전 이 지구별에 오기 전에도 여러 작은 별들을 방문했어요.

그러고 보니 별들의 크기와는 상관없이 그곳에 사는 어른들 역시 모두 자신들만의 소중한 것들을 가슴에 품고 있었나 봐요.

조금 이상하고 이해하기 어려운 부분도 있었지만요.

여행 중에 만난 소행성의 주인들은 장미나 화산 그리고 풀이나 나무와 같이 시간이 지나 사라지거나, 새롭게 탄생하는 존재들에겐 전혀 의미를 두지 않았습니다.

생명의 소중함이나 의미, 아름다움에는 무관심한 채, 무엇을 소유하거나 그것에 집착하는 좀처럼 이해할 수 없는 것들에 몰두할 뿐이었지요. 하지만 생각해 보니 그들 역시 그 소중함엔 어떠한 이유나 사연이 있을 거란 생각이 듭니다.

그런 생각이 들자 어린 왕자는 문득 자신의 별에 혼자 남겨져 있을 장미가 그리워집니다.

장미는 지금 혼자서 뭘 하고 있을까!

날 조금이라도 생각하고 있을까?

어쩌면 어린 왕자 역시 마음에 있던 가장 소중한 것을 자신의 별에 홀로 남겨 둔 채, 이 멀리 떨어진 지구별에서 애써 찾고 있었는지도 모릅니다. 어린 왕자의 가슴에 장미에 대한 그리움이 다시 한번 깊이 새겨집니다.

아저씨!

제 별엔 아름다운 장미가 한 송이 있어요.

서먹함 때문에 헤어지긴 했지만 장미도 절 생각하고 있을까요?

그는 잘 알고 있다는 듯이 웃으며 말합니다.

물론이란다.

우린 습관적으로 상대방의 마음을 먼저 확인하려 하지. 그러니 다음에 장미를 만나거든 너의 마음을 먼저 보여 주렴.

그럼 분명히 장미의 마음 끝엔 언제나 네가 있었다는 사실을 알게 될 거야.

그의 말에 기분이 좋아졌는지 어린 왕자는 환하게 웃습니다. 어린 왕자는 자그마한 목소리로 다시 그에게 묻습니다.

그럼 아저씨의 마음 끝에 있는 건 무엇인가요?

아저씨는 조용히 미소 지으며 이야기합니다.

나의 마음은 오래전부터 한곳에만 머물러 있었단다.

그건 말이지 아주 비밀스럽고 신비로우며 사람과 사람의 마음을 이어 주고 우리 모두를 평등하게도 해 주지.

그러나 낯을 많이 가리고 쑥스러움이 많아 좀처럼 자신의 본모습을 쉽게 보여 주진 않는단다.

어린 왕자는 그의 말에 더욱 호기심이 커집니다.

그게 도대체 뭔가요?

그건 말이다.

바로 커피라는 아이란다.

아저씬 아주 젊었을 때부터 지금까지 이 아이와 함께했지.

그는 커피의 마음과 본질을 알기 위해 겪었던, 자신의 여행이야기를 어린 왕자에게 차분히 이야기해 줍니다. 그러고는 어린 왕자의 볼을 장난스럽게 꼬집으며 말합니다.

우린 서로 닮았구나!

넌 장미꽃 때문에 떠나왔고, 아저씬 이 아이 때문에 떠나왔으니!

그는 자신의 등에 매고 있던 소중한 갈색 배낭을 풀어 어린 왕자에게 보여 줍니다. 가방 속에는 생전 처음 보는 다양한 도구들과 수많은 종류의 커피들이 수북하게 쌓여 있었습니다. 눈을 동그랗게 뜨며 신기해하는 어린 왕자에게 그는 커피가 들어 있는 봉투 하나를 뜯어 그 안에 들어 있는 탱글탱글하고 작고 귀여운 커피원두들을 손바닥에 올려놓습니다.

눈앞에 신비스럽고 매혹적인 향기들이 짙게 피어오릅니다. 무엇이라 표현하기 어려운 이 향기들의 정체에 결국, 호기심 많은 어린 왕자는 반달 모양의 눈을 그리며 아저씨에게 부탁을 합니다.

아저씨!
저도 혹시 이 커피라는 걸 맛볼 수 있을까요?

이렇게 보이지 않는 우주의 법칙에 의해 계획된 둘의 만남은 시공간을 초월하는 특별한 시간을 이어 가게 됩니다. 그는 흔쾌히 승낙하며 신이 난 듯, 어린 왕자의 손을 꼭 잡고는 사람들로 혼잡한 기차역을 요리조리 빠져나갑니다.

어린 왕자의 눈엔, 사람들 사이를 피해 가며 콧노래를 부르는 아저씨의 모습이 참 즐거워 보입니다. 그는 정말 신이 나 있었습니다. 어린 왕자와 함께 커피를 마시며 더욱 많은 시간을 보낼 수 있었기 때문입니다.

그렇게 두 사람은 잠시 기차역을 벗어나 파도처럼 흔들거리는 황금빛 모래 언덕에 오릅니다. 이미 하늘은 달빛에 반짝이는 오색찬란한 보석들로 가득합니다. 그는 자신의 배낭 끝에 동그랗게 매달려 있는 세모진 천막을 꺼내어 융단처럼 펼쳐진 황금빛 모래 위에 힘차게 펼칩니다.

바람에 간간히 펄럭이는 세모진 천막의 모습이 마치 파도를 가르는 옛 범선의 삼각 돛대처럼 부풀어 오릅니다. 바람에 부푸는 건, 천막뿐만이 아니었습니다. 그의 마음도 어린 왕자의 커다란 눈망울도 그리고 사막에 존재하는 이 모든 것들이 모두 펄럭거리며 부풀어 오릅니다.

사막의 밤이 이렇게 아름다운 줄 두 사람은 미처 알지 못했습니다. 너무나 뜨거워 한 걸음 한 걸음 걸을 때마다 땀방울로 혹독하게 대가를 치러야 했던 낮과는 다르게, 마치 이 사막의 밤은 숨겨진 모래 속 깊은 곳에 굽이쳐 흘러가는 도도한 호수처럼 두 사람의 마음에 깊이깊이 각인되어 흘러가고 있었습니다.

타다닥거리며 모닥불이 붉게 피어오릅니다. 어린 왕자는 이미 처음 마셔 보는 커피에 반해 있었습니다. 설레던 장미와의 첫 만남처럼, 수줍고 부드럽게 넘어가는 커피의 매혹적인 풍미에 어린 왕자는 이 지구별에 도착한 후, 가장 아름답고 행복한 밤을 보내고 있었습니다.

어떻게 이렇게 신비로울 수가 있지요. 간간히 부는 바람에 모래가 쓸려 가며 내는 스삭 거리는 소리. 차갑게 식어 버린 모래 속 깊은 곳에서 장난치듯 들리는 작은 생명들의 틱틱 거리는 숨소리. 그리고 먼 하늘 위에서 그들의 머리 위를 포근하게 비추는 달과 별들의 노랫소리.

어린 왕자는 자신의 온몸에서 느껴지는 달빛과 커피의 향기에 취해, 아무 말 없이 깊은 생각에 잠긴 이 칠흑빛 머리칼 아저씨를 바라봅니다. 작은 모닥불들이 춤을 출 때마다 언뜻언뜻 비치는 그의 모습은 꿈을 찾아 떠나는 구도자의 모습 같았습니다.

저기 아저씨!

커피 한 잔 더 할 수 있을까요?

침묵을 깨는 어린 왕자의 귀여운 목소리에 그는 상념에서 벗어납니다. 그러고는 따뜻한 커피를 얼른 어린 왕자의 잔에 따라 주며 말합니다.

얼마든지 있으니 마음껏 마시렴, 꼬마 친구!

어린 왕자의 입가에 미소가 떠오릅니다. 어린 왕자는 이 꼬마 친구라는 말이 무척이나 마음에 들었습니다. 자신의 별에선 친구라고 불러 주는 이가 아무도 없었으니까요.

그럼 이제 우린 친구인가요?

아저씨는 어린 왕자의 황금빛 머리칼을 손으로 장난스럽게 흐트러트리며 웃습니다.

물론이지.

꼬마 친구!

어린 왕자의 눈과 입이 초승달처럼 밝게 휘어집니다.

근데 아까부터 무슨 생각을 그리 깊이 하시나요?

어린 왕자는 이젠 친구가 되어 버린 아저씨의 모든 것이 궁금해졌습니다. 모닥불에 어른거리는 그의 모습엔 왠지 모를 그림자 같은 아련함이 묻어 있었으니까요. 잠시, 밤하늘을 바라보던 그는 꺼져가는 모닥불에 나무 하나를 던져 넣으며 조용히 말합니다.

응!

잠시 꿈속에 보였던 일들이 자꾸 생각이 나서….

이상하게도 몇 해 전부터 계속 같은 꿈을 꾸는구나.

그는 그 꿈의 기억이 너무 선명하여 지워지질 않는 듯 고개를 흔듭니다.

어린 왕자가 아저씨의 손등에 묻은 모래를 털어 주며 말합니다.

그 꿈 이야기 저에게도 들려주시겠어요!

혹시!

제가 도움이 될 수도 있잖아요.

잠시 밤하늘을 바라보던 그는 그동안 그 누구에게도 말 하지 않던 꿈속 이야기를 다시 떠올릴 수밖에 없었습니다. 이 꼬마 친구의 동심어린 눈빛 때문에 말이지요.

칠흑빛 머리칼 아저씨의 회상

오늘도 어김없이 뒤척이다 꿈에서 깨어 버린 그는 멍하니 창문을 바라봅니다. 밤사이엔 하얀 눈이 내렸는지 마른 나뭇가지에 소복하게 쌓여 있던 그 잔재들이 차가운 바람에 갈 곳 잃은 방랑자처럼 이리저리 휘날립니다.

어젯밤 크리스마스이브에 켜 놓은 빨간색 양초는 다 녹아내려 버려 마치 하얀 눈이 뭉친 듯 서로 뒤엉켜 있습니다. 저 엉켜 있는 촛농처럼 꿈을 꾸고 난 뒤, 가슴에 밀려오는 이 슬픔과 아픔을 그는 이해할 수가 없었습니다.

사랑하는 사람과 억지로 떨어져 소리를 질러도 들을 수 없고, 몸부림치게 보고 싶어도 볼 수 없는 고통처럼, 들을 수도, 만질 수도, 느낄 수도 없으며, 잊으려 해도 그조차 허락되지 않는 이 가슴 미어지는 아련함이 한동안 쉽게 지워지질 않습니다.

도대체 몇 번이나 같은 꿈을 꾸는 건지….

손등으로 이마에 흐르는 땀을 닦으며 그는 생각합니다.

손을 잡고 파란 언덕에 오르는 아름다운 남녀의 모습, 바위에 부딪쳐 하얗게 부서지는 파도와 황금빛 모래의 파편들 그리고 바다 위에 펄럭이는 열 개의 하얀 돛을 단 아름다운 범선과 세 마리의 길 잃은 양들까지, 생각지도 못한 여러 잔상들이 그의 머리를 헤집어 놓습니다.

오늘도 어김없이 한 여인이 파란 언덕에 올라 무릎 꿇고 오열

하는 모습에 놀라 뒤척이며 깨어 버린 후, 그는 심장이 터질 듯이 뛰는 가슴을 두 손으로 꼭 누른 채, 그 슬픔이 현실이 아닌 것에 신께 감사드립니다. 하지만 그 아련함과 아픔이 쉽게 가시질 않습니다.

내가 그동안 너무 무리했나!
벌써 25년을 넘게 오직 한 가지만 생각했지….
어쩌면 그래서일지도 몰라!

몇 년 전 그는 그가 그렇게 바라던 것을 볼 수가 있었습니다. 그것은 마치 눈앞에 사막의 신기루처럼 나타나, 그의 눈앞에서 금세 사라져 버렸지만 그는 그 짧은 시간으로도 이미 자신의 길을 찾을 수가 있었습니다. 잠깐 동안 보인 그 비밀의 문을 통해 그는 이미 깨달음을 얻은 것이지요.

하지만 그는 그 이후로 이렇게 생각지도 못한 이상한 꿈에 계속 시달려야 했습니다. 그가 더욱 힘들어하는 이유는 꿈에서 보인 젊은 남녀의 감정이 너무나 생생하였기 때문입니다. 그들의 아픔과 슬픔 그리고 아쉬움과 미안함 등이 마치 엉겨 붙은 촛농처럼 그의 가슴에 여과 없이 전달되었기 때문입니다.

그는 이 기억을 애써 털어 버리려 머리를 세차게 흔듭니다.

휴!

그는 침대에서 일어나 거실로 천천히 비틀거리며 걸어갑니다. 밤새 흐트러져 버린 정신을 차리기 위해 얼마 전에 로스팅한 커피를 서랍 속에서 꺼내 호두나무로 만든 커피밀에 원두를 정성스럽게 갈아 냅니다.

이 커피는 그가 얼마 전 심혈을 기울여 새롭게 만든 블랜딩 커피입니다. 그는 펄펄 끓은 물이 조금 식기를 기다리며 창문 밖 하얀 눈 위에서 짓궂게 뒹굴고 있는 점박이 강아지와 온몸을 감은

것처럼, 두꺼운 옷을 차려입은 어린 소녀의 눈 장난을 보며 미소를 짓습니다.

저때가 삶에서 가장 아름다운 순간이지!

이제 물이 적당한 온도가 되었는지 그가 조심히 커피를 융 드립으로 내립니다. 진한 갈색 커피가 금세 빵처럼 부풀어 오르며 거품이 방울방울 터집니다. 이 텅 빈 거실과 방 안을 가득 채울 정도로 짙어지던 향기는 구석구석 모서리까지 도달한 뒤에야 한 잔의 커피로 완성되어져 마지막으로 그의 혼미한 정신을 맑게 깨웁니다.

그는 이 커피를 특정한 향이나 맛의 개성보단 프랑스의 질 좋은 오크통에서 잘 숙성된 와인처럼 전체적인 밸런스에 중점을 두고 만들었습니다.

한곳으로 치우치지 않는 농밀하고 균형 잡힌 바디와 마지막 한 방울까지 힘과 향기를 잃지 않도록, 그는 자신이 깨달은 블랜딩 기술을 이용해 총 다섯 가지의 생두를 선별하였고 각 원두의 포인팅 별로 섬세하게 개별 로스팅하여 정성스럽게 블랜딩 작업을 하였습니다. 그 누가 마셔도 불평불만이 나오지 않도록 말입니다.

그는 이제 무엇에 얽매이지 않아도 되었습니다. 언제든 그는 자신이 원하는 그리고 다른 사람이 원하는 커피의 맛과 향을 자유롭게 만들어 낼 수 있었으니까요.

그는 자신의 카페로 출근하기 위해 옷을 차려입습니다. 그의 카페는 아름다운 호수와 짙은 노을이 반짝이는 곳에 홀로 서 있었습니다.

파란색 진에 몸에 딱 맞추어진 하얀 와이셔츠를 주로 입는 그는 소매에 버튼을 채우며 오늘 해야 할 일을 생각합니다. 요즘 손님이 너무 많아졌다며 힘들어하는 직원들이었지만, 그래도 즐겁게 자신들이 맡은 일들은 깔끔하게 잘 처리하였기에 큰 걱정은 없었습니다. 그는 참 복이 많은 사람이었습니다.

주변에는 세상 물정 모르고, 오직 커피에만 몰두하는 그의 순수함을 걱정하는 사람들이 많았습니다. 사람들은 그의 카페에 방문하여 예술과 삶 그리고 커피와 세상에 대해 대화하는 걸 무척 좋아했습니다.

그곳은 수많은 사람들의 추억과 꿈 그리고 사랑이 저장되는 아름다운 공간이었습니다. 그는 자신의 커피를 진심으로 사랑했고 사람들은 그런 그를 좋아했습니다. 그의 지인들은 가끔 그의 뛰어난 블랜딩 기술을 아까워하며 이야기합니다.

자네!

언제까지 그렇게 세상의 그림자에 묻혀서 살 생각인가!

이젠 그만 세상 밖으로 나가 자신을 증명하게나.

이미 스스로 벽을 넘어선 지 오래전이지 않은가!

사람들은 그가 더 큰 세상으로 나아가길 원했고, 그의 완성된 모습을 기대하고 있었습니다.

이제 그는 마음 끝 소망을 위해 다시 한번 용기를 냅니다.

그날 밤 하늘을 가르는 긴 꼬리별을 바라보던 그의 마음에 작은 음성이 들려옵니다.

"모험이 없다면 기적도 일어나지 않아"

꿈속 이별

그는 그새 자신의 무릎을 베고, 새근새근 잠들어 버린 이 꼬마 친구의 부드러운 황금빛 머리칼을 다정하게 어루만집니다. 저 큰 우주 속엔 인간의 힘으론 알 수 없는 많은 비밀들이 꽁꽁 숨겨져 있지요.

오늘은 세상의 수많은 사람들 중 그와 어린 왕자 그리고 이 우주공간 사이에 특별하고 비밀스러운 무언가가 작용한 신비한 날이었습니다.

오늘 이 사막의 밤은 평생 잊지 못하겠구나.

하늘의 깊은 곳 달과 별들이 연분홍빛 숨을 내쉬고, 황금빛 모래 속, 결을 따라 흐르는 호수가 메마른 사막에 생명의 우물을 만드는 시간, 이 밤은 그렇게 깊어만 갑니다.

미쳐 다 떠오르지 못한 태양이 주단같이, 이 사막의 모래들을 조금씩 붉게 물들입니다. 어린 왕자가 눈을 떴을 땐, 그는 이미 커피 한 잔을 만들어 어린 왕자의 작은 손에 들려 줍니다.

잘 잤니.

꼬마 친구!

어린 왕자는 수줍게 웃으며 고개를 끄덕입니다. 그는 자신의 갈색 배낭 속에서 꺼낸 빵을 작게 조각내어 어린 왕자의 입에 넣어 주며 웃습니다.

꼭꼭 씹어 먹으렴!

어린 왕자는 이 지구별 아저씨가 정말 좋았습니다. 아주 오래전 우주의 텅 빈 공간 속에서부터 존재하던 의식의 바다처럼, 아저씨의 모습이 어린 왕자의 작은 가슴에 있던 빈 공간을 채우듯이 각인되어 버립니다.

어린 왕자의 눈이 한 잔의 커피로 인해 다시 맑아집니다. 어제 느꼈던 것처럼 정말 진하고 깊은 풍미가 목을 부드럽게 타고 넘어갑니다. 그러고는 헤어지기 싫어 서로의 손을 꼭 잡고 있는 연인처럼, 입안에 남는 커피의 여운이 사라지질 않습니다.

이 커피는 어떤 분에게 드리기 위해 만든 커피란다.

그분이 누구인가요?

어린 왕자가 눈을 동그랗게 뜨며 묻습니다.

아저씬 웃으며 어린 왕자의 머리를 쓰다듬습니다. 그는 잠시 태양이 떠오르는 사막의 끝자락을 응시하며 조용히 이야기합니다.

사실 누구인가는 그리 중요하지 않단다.

마음의 끝에 가 있는 대상과 마음이 통한다면 그뿐일 뿐.

언젠가, 우리 꼬마 친구도 마음의 끝을 볼 수 있게 된다면 저절로 알게 될 거야.

자연은 거짓말을 하지 않는다는 것과 늘 서로 속고 속이는 건 사람들이라는 것, 스스로의 마음조차도 말이지.

그러니 앞으론 너의 마음이 흔들리지 않도록, 너의 내면의 소리에 더욱 귀를 기울이렴.

사막에서 잊을 수 없는 하룻밤을 보낸 두 사람은 아쉬운 마음을 뒤로하고, 신비로운 기차역으로 발걸음을 옮깁니다.

변함없이 그곳엔 수많은 별들이 쏟아 내는 빛처럼 사람들로 가득 차 있었습니다. 그는 곧 자신이 이곳에서 떠나야 함을 알고 있었습니다. 언제나 그렇듯이 자신의 의지와는 상관없이 꿈에서 깨어날 것이고 언제 다시 이곳으로 올 수 있을지는 그조차 알 수가 없었습니다. 그에게 있어 오늘의 꿈속여행은 평생 잊을 수 없는 아름답고 소중한 추억으로 남겠지요.

어린 왕자는 아저씨와 함께 자신의 마음 끝을 찾아 더 많은 여행을 하고 싶었지만 그럴 수 없다는 사실에 순간 시무룩해지고 맙니다.

그는 고개를 숙인 채, 자신의 발끝을 톡톡 차고 있는 어린 왕자의 작은 두 손을 꼭 잡습니다. 그의 눈가에는 이미 눈물이 고이고 있었지만 꾹 참으며 이야기합니다.

아마도 난 내가 있었던 곳으로 다시 돌아가야 할 거야.

꿈속 여행은 영원하지 않으니까….

우리가 언제 다시 만날 수 있을지는 아무도 모른단다.

그건 신께서만 아시겠지.

하지만 아저씬 어제 밤에 널 다시 만날 수 있는 방법에 대해 많은 생각을 했단다. 달님이 사라지고 해님이 떠오르는 순간까지 말이지.

그러니 지금부터 내가 하는 말을 꼭 기억하렴.

아저씨는 배낭 속에서 연필과 종이를 꺼내더니 작은 가방을 하나 그려 주며 말합니다.

이 그림 가방 안에는 아저씨가 만든 커피들과 그에 관한 도구들이 가득 들어 있단다.

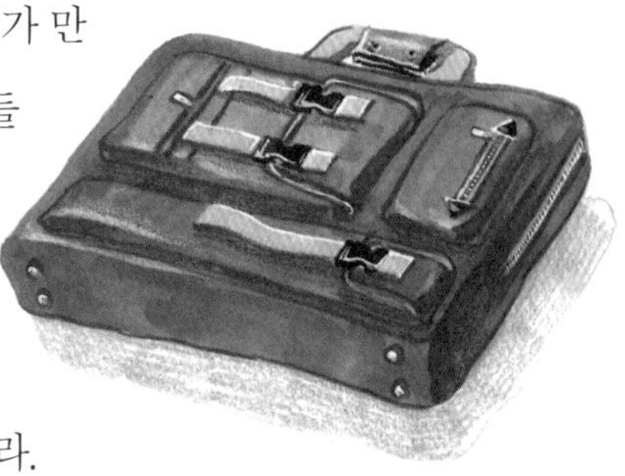

어쩌면 네가 상상하는 모든 것들이 이 그림 가방 안에서 불쑥불쑥 튀어나올지도 몰라.

그러니 만약에 너의 작은 별에 돌아가거든, 오늘의 만남을 잊지 말고 한번 커피를 만들어 보겠니.

서로 멀리 떨어져 있지만 어쩌면 우린 그 속에서 다시 만날 수 있는 방법을 찾을지도 몰라.

커피의 마음 끝에는 서로를 연결해 주는 강력한 마법이 존재하니까!

이제부터 난, 노란 밀밭 앞에서 가슴을 졸이며 널 기다리던 사막의 여우처럼 언제나 널 이 지구별에서 기다리고 있을 거야.

내가 서 있는 카페 앞 호숫가에 붉은 노을이 피어날 때도….

내가 서 있는 밤하늘의 별이 구름에 가려 보이지 않을 때에도….

하루하루 떠나는 나의 꿈속 여행길에서도….

언제나 널 다시 만나길 소망할게.

그땐 우리 꼬마 친구도 나와 같은 꿈을 꾸고 있을 테니….

꿈에서 깨어나고 있는지 그의 모습이 조금씩 흐려지기 시작합니다.

저 역시 다시 만나길 간절히 원해요.

제가 아저씨를 언젠간 꼭 찾아갈게요.

시간을 지나서….

시대를 넘어서….

그땐 더욱 많은 시간을 아저씨와 함께 보낼 거예요.

영원히 해가지지 않는 겨울 나라의 하얀 눈꽃처럼요.

아저씨의 흐릿한 손이 어린 왕자의 머리칼을 마지막으로 흐트러트립니다.

안녕!

어릴 적 소중한 나의 꼬마 친구…

사라져 가는 그의 눈가에도…. 이곳에 남겨진 어린 왕자의 파란 눈에도…. 어느새 투명한 물방울만이 땅에 고여 있습니다. 그렇게 생전 처음 친구가 되어 준 지구별 아저씨가 아쉬움만 남기고 떠난 후, 그가 그려 준 그림 가방을 물끄러미 바라보고 있던 어린 왕자는 무심코 중얼거립니다.

혹시!

'양'도 들어 있을까?

고백

어린 왕자는 행복한 마음으로 노을을 바라보며 깊은 생각에 잠기는 시간이 점점 많아졌습니다. 그건 잠시 눈만 감아도, 매 순간마다 회상할 수 있는 추억거리가 너무 많아졌기 때문입니다.

여행 중에 만난 개성 강한 작은 별의 주인들…. 지구별에서 자신을 이곳까지 순식간에 귀환시켜 준 친절한 노란 뱀…. 닭 쫓는 걸 좋아하던 귀 쫑긋 사막여우…. 그리고 사막의 우물을 함께 찾으며 지구별을 떠나는 그 순간까지 곁에 있기를 원했던 비행사 아저씨….

어린 왕자는 그런 비행사 아저씨가 슬퍼할까 봐, 몰래 떠나왔습니다. 그리고 무엇보다 지구별 여행 중 가장 아름다운 밤을 함께 보낸 칠흑빛 머리칼의 지구별 아저씨!

어린 왕자는 지금도 가끔씩 사막의 뜨겁고 건조한 바람에 검게 휘날리던 그의 머리칼이 그리워집니다. 잠시 어린 왕자는 자신의 별에 가득 묻혀 있는 바오밥 나무의 씨가 새싹 내밀기만을 기다리며 입맛을 다시고 있는 양을 흐뭇한 눈으로 바라봅니다. 아마도 이젠 이 조그만 별을 바오밥 나무가 삼켜 버리는 일은 없을 것입니다.

곧 또 한 번의 태양이 지고 노을이 피는 시간이 다가오고 있습니다. 이 시간이 오면 어린 왕자는 한쪽 귀퉁이에서 소담하게 불꽃을 내뿜고 있는 활화산에 작은 은색 주전자를 올려놓으며 마냥 행복해합니다.

곧 향기로운 커피를 마시며 노을을 감상할 수 있기에 말이지요. 즐거워하는 어린 왕자를 보며 옆에 있던 장미가 다소곳이 미소를 지으며 물어봅니다.

노을이 피는 모습이 그렇게 좋은가요?

어린 왕자는 흐뭇한 눈으로 장미를 바라보며 대답합니다.

네.

너무 좋아요!

이 향기로운 커피를 마시며 노을을 감상하는 건 너무나 행복한 일이에요.

어린 왕자와 장미의 저 다정한 모습은 왠지 어색합니다만, 얼마 전 어린 왕자는 새초롬하던 장미에게 마음을 고백했답니다.

전 당신을 떠나면서 이미 우리의 이별을 후회하고 있었던 것 같아요.

다른 작은 별들을 하나씩 하나씩 지나칠 때마다, 당신이 걱정되고 그리웠지만 바보처럼 애써 참았답니다.

하지만, 지구별에서 본 당신과 닮은 수만 송이의 장미들을 본 후에야 알게 되었어요!

아무리 많은 장미들이 피어 있다 해도 저의 마음에 새겨진 꽃은 당신뿐이라는 걸….

그렇게 언제나 제 마음의 끝에 서 있었던 건, 당신뿐이었다는 걸.

전 당신이 작은 씨앗으로 날아와 새싹이 되어 태양과 함께 피어오르던 그 순간을 잊지 못한답니다.

장미는 그의 말을 듣는 순간 가슴이 팔랑거리고 정신이 아득해집니다. 장미는 사실 이 작은 별에서 빛과 함께 태어날 때부터 어린 왕자를 좋아했습니다. 그리고 그에게 사랑받고 싶었지요.

하지만 세상경험이 없던 어린 장미는 사랑받는 방법을 알지 못했습니다. 그랬기에 장미는 마치 어린아이가 떼쓰고 투정부리듯 고집만 부린 것이었습니다. 그러나 이 순간 어린 왕자의 고백에 마음에 있던 모든 서운함이 녹아내려 버립니다. 자기와 같은 꽃이 수만 송이나 더 있다는 말은 매우 충격적이기도 했지만, 지금 이 순간 그런 건 중요하지 않았습니다. 이미 자신은 어린 왕자의 단 하나뿐인 장미였기에….

장미는 그동안 어린 왕자에게 보여 준 자신의 허세와 무례함이 순간 너무나 부끄러웠습니다. 장미는 평소보다 더욱더 붉어진 얼굴로 어린 왕자에게 용기 내어 고백합니다.

그동안 제가 너무 어렸어요.

그러나 어리다는 건, 그만큼 용서받을 수 있는 시간이 조금은 더 남아 있다는 거겠지요?

그러니 절 용서해 주시겠어요?

나의 어린 왕자님!

그 이후론 장미는 어린 왕자에게 허세도 허풍도 까다로움도 보이지 않았습니다.

태양과 같이 피어난 꽃처럼 밝은 미소만을 어린 왕자에게 보낼 뿐….

길들여진다는 건

아름다운 긴 꼬리별이 작은 별을 스치며 지나갑니다. 길게 늘어지는 빛 덩어리들이 마치 귀여운 사막 여우의 뾰족한 귀를 닮았습니다. 여우는 어린 왕자와 헤어질 때 울 것 같다며 투정을 부렸지만, 그래도 애써 태연한 척하며 말하지요.

이제 난 태양 빛이 내리고 이슬을 품은 노란 밀밭이 흔들릴 때마다, 너의 황금빛 머리칼을 떠올리겠지.

그전에 밀밭은 나에게 아무런 의미가 없었지만, 이젠 빛과 바람에 노랗게 익어 가는 밀밭을 볼 때마다 난 널 떠올리게 될 거야!

우린 한때 두려움과 낯섦에 서로 모른 척할 수도 있었지만, 새벽에 내리는 작은 이슬만큼의 용기만으로도 친구가 되었지.

어쩌면 우리의 삶 속에서 진정으로 필요한 건, 큰 용기가 아닌 그렇게 작은 용기일지도 몰라.

우린 대부분 그 작은 용기를 내지 못해 소중한 것들을 떠나보내니까!

여우는 뾰족한 귀를 쫑긋거리며 어린 왕자의 눈을 바라봅니다.

난 너의 눈에 존재하는 깊은 외로움이 느껴져, 아마 그 외로움도 큰 용기보단 분명 작은 용기에 의해 치료될 거야.

그리고 길들인다는 건, 서로에게 익숙해져 가는 과정이겠지.

너만의 향기, 너의 목소리, 너의 발자국, 너의 작은 숨소리와 너의 생각들….

널 만나기 전, 난 빨간 모자를 눌러쓴 하얀 닭 쫓는 걸 좋아했지만 널 만난 이후로는 널 기다리는 시간이 가장 행복했어.

어떨 땐 숲 속의 사나운 사냥꾼이 갑자기 나타나 날 잡아갈까 봐 무섭기도 했지만, 그것보단 널 다시 만나지 못할지도 모른다는 사실이 날 더욱 두렵게 했지.

길들여진다는 건 아마도 그런 거 같아!

죽음도 두렵지 않은….

어쩌면 탄생이나 죽음 그리고 만남과 이별 그리고 사랑 이 모든 것들은 길들여진다는 것과 같은 한 몸일지도 몰라.

네가 장미를 그리워하고 잊지 못하는 이유도 너 역시 그렇게 장미에게 길들여졌기 때문일 거야!

먼지 묻은 잎 파리를 깨끗하게 닦아 주고,

차가운 바람을 막아 주고,

벌레를 잡아 주던 시간들….

그리고 정성스럽게 물을 주고 투덜거리는 이야기를 들어 주며 함께 노을을 감상하던 수많은 시간들….

다들 그렇게 알게 모르게 서로에게 길들여지지.

그를 생각하고 기다리고 함께 보낸 시간 때문에 그의 소중함이 깊어지는 것처럼.

그가 그 어느 곳에 있든지.

잠시, 의자에 앉아 여우와의 이별을 회상하던 어린 왕자는 아저씨가 남기고 간 그림 가방을 생각합니다.

무엇에 길들여진다는 건 이런 걸까?

그림 가방에 손을 대자마자 튀어 오르는 팝콘처럼 쏟아지던 커피 원두들은 푸른 들판에 핀 수만 송이 꽃들처럼 비슷하게 보였지만, 맛과 향은 모두가 다르고 개성이 넘쳤습니다.

간혹은 재스민 향기가 나기도 했고 상큼한 오렌지 향이나 구운 보리 향 또는 진한 다크 초콜릿 맛이 나기도 했지요. 또 어떨 땐 이 모든 것들이 입안에서 단 한 번에 터질듯이 느껴지기도 했습니다.

어린 왕자는 고개를 갸웃거리며 신기해합니다.

어떻게 이럴 수 있을까?

여우가 밀밭을 볼 때마다 어린 왕자를 떠올렸듯이, 이젠 어린 왕자는 한 잔의 커피를 만들 때마다 지구별 아저씨를 생각하게 되었습니다.

아저씬 지금 뭘 하고 있을까?

가끔은 사막의 밤이 무척 그리워집니다. 어린 왕자의 눈가에 그리움이 가득히 묻어나자 장미가 다소곳이 이야기합니다.

어쩌면, 그림 가방 속엔 지구별 아저씨에 대한 이야기들이 더 많이 감추어져 있을지도 몰라요.

험한 바다 건너편 작은 무인도에 꼭꼭 숨겨진 보물들처럼요.

우린 누군가를 진심으로 생각할 때 그동안 보이지 않던 소중한 것을 발견할 수도 있잖아요.

결국엔 사랑할 수밖에 없는 사람을 처음 본 순간 느끼는 감정처럼.

부끄러운지 장미의 볼이 빨개집니다.

어린 왕자는 그림 가방을 그려 준 후 희미하게 사라져 가던 지구별 아저씨의 모습이 떠오르자 마음이 아파 옵니다. 저기 먼 곳에서 홀로 아름답게 빛나고 있는 파란별엔 칠흑빛 머리칼 아저씨가 기다리고 있었습니다. 어린 왕자의 마음 역시 짙어지는 노을만큼이나 그가 몹시 그리워지는 하루입니다.

비밀의 문

어린 왕자는 눈을 동그랗게 뜬 채 손에든 커피 잔을 바라보며 말합니다.

장미님! 혹시 이 느낌 느껴지나요.

이 작은 별에 퍼지고 있는 아련한 슬픔을….

네….

곁에 있던 장미가 훌쩍거리며 대답합니다.

갑자기 엄마가 무척이나 보고 싶어요.

떠나올 때 작별인사도 제대로 못했었는데.

홀로 멀리 떨어진 저 별에서 잘 지내고 계실지….

잔에 담긴 커피가 흔들릴 때마다 모락모락 피어오르는 안개와 같은 슬픔은 지금 이 순간 어린 왕자와 장미의 마음을 아프게 하고 있었습니다.

붉은 노을이 꽃처럼 활짝 피어오를 때, 태어난 지금의 커피에선 그동안 느끼지 못했던 아픔과 슬픔이 담겨 있었습니다.

커피에서 슬픔이라니!

어린 왕자는 무척 당혹스러웠습니다. 평상시에 느꼈던 싱글 오리진 커피와는 느낌이 너무 많이 달랐으니까요. 어린 왕자는 급하게 아저씨가 그려 준 그림 가방을 살피기 시작합니다. 사실 어린 왕자에겐 이 궁금증을 해결할 다른 방법이 없었습니다. 이 느낌에 대한 답이 그림 안에 들어 있길 바랄 수밖에요.

간절한 마음으로 그림 가방 속을 살피던 어린 왕자의 손끝에 곧 낯선 감촉이 느껴집니다. 그건 마치 깊은 심연 속에서 태어나는 새로운 생명의 소용돌이처럼 손끝을 강하게 자극하며 옥죄이기 시작합니다. 생전 처음으로 느끼는 찌릿찌릿한 자극으로 인해 어린 왕자의 이마엔 어느새 땀방울이 송골송골 맺힙니다.

그렇게 두꺼운 알을 깨고 나오는 작은 새의 몸부림처럼, 손끝에 모이는 생명의 느낌은 시간이 지남에 따라 점점 강해지고 있었습니다.

얼마의 시간이 흘렀을까! 땀으로 젖어 드는 어린 왕자의 곁에서 노심초사 지켜보던 장미 역시, 점점 긴장감에 휩싸입니다. 그렇게 걱정스러운 눈으로 바라보던 장미의 꽃잎에 이슬 땀방울이 떨어질 때쯤, 눈부시게 터져 나오는 번쩍이는 황금빛에 놀란 장미는 자신도 모르게 눈을 질끈 감아 버립니다.

잠시 후, 고요해진 정적 속에 살며시 눈을 뜬 장미는 온 세상의 붉은 태양 빛이 어린 왕자의 작은 손에서 터지고 흡수되어 사라진 후, 그의 손에 마법처럼 책 한 권이 쥐어져 있는 걸 확인합니다.

휴!

긴장이 풀렸는지 작은 숨을 내쉽니다. 장미의 붉은 꽃잎에도 어린 왕자의 턱 끝에도 투명한 물방울이 고여 있습니다. 마음의 간절함이 강하면 결국엔 소망이 이루어지듯 어린 왕자는 자신이 원하던 것을 손에 넣고야 말았습니다.

아직 긴장이 사라지지 않은 눈빛으로 조심스럽게 책을 어루만져 봅니다. 짙은 갈색 가죽으로 고풍스럽게 만든 표지 위에 은빛으로 휘갈겨 쓴 "비밀의 문"이라는 글씨가 보입니다. 오랜 세월 탓인지 책의 모서리는 하얗게 바래져 있었고 책의 밑 부분엔 역시나 똑같은 은빛으로 휘갈겨 쓴 지구별 아저씨의 이름이 새겨져 있었습니다. 어린 왕자는 잠시 감격스러운 눈빛으로 책을 어루만지며 회상에 잠깁니다.

그날 밤, 사막의 밤은 정말 아름다웠지!

흔들리는 눈빛으로 책의 첫 장을 조심스럽게 넘깁니다. 아무것도 없던 하얀 도화지 위에 신비로운 은빛 글씨체가 단아한 빛을 뿜으며 서서히 나타납니다. 그곳엔 이렇게 적혀 있었습니다.

첫 번째 비밀의 문.

서늘한 바람에 마음 한구석 애써 부여잡고 있던 마지막 낙엽이 떨어지던 어느 날 새벽. 제 앞에 조그만 문이 하나 열렸습니다. 전 희미하게 보이는 그에게 묻습니다.

넌 누구니?

그가 웃으며 대답합니다.

용케도 내가 보이나 보네?

하지만 조금 더 노력해야겠는 걸!

그래도 이곳까지 힘들게 찾아왔으니, 내가 너에게 선물을 줄게!

난!

자연이지.

그리고 그의 일부이기도 해.

자연은 아름답긴 하지만 간혹 시련일 때도 있지.

그래서 날 있는 그대로 보기 위해선, 앞으로도 넌 지금처럼 시련을 이겨내야 해!

넌 엄마의 배 속에서 열 달 동안 보호받으며 태어나 오랜 시간을 망각 속에서 보내었지만, 난 단단한 대지에 뿌리를 두고 태양과 함께 태어나 비와 바람에 자라 서늘한 달빛 아래 완성된단다.

이제부터 나의 이야기를 너에게 들려줄게….

글을 읽는 동안 어린 왕자의 가슴이 두근두근 거립니다.

미처 자신도 알지 못한 사이에 비밀의 문을 엿보았다는 걸 알게 되었으니까요.

안녕!

나의 꼬마 친구.

이 책을 찾을 때쯤엔, 넌 지구별을 떠나 너의 그리운 별로 돌아간 후이겠지….

그 과정이 얼마나 고단하고 힘들었을까!

설마 친절한 노란 뱀이 널 너무 아프게 물진 않았겠지?

아마 귀여운 사막여우와의 이별 역시 쉽지 많은 않았을 거야.

하지만 언젠가는 여우도 노란 뱀도 다시 만날 수 있을 거란다.

우리의 삶은 간절한 소망대로 이루어지니까.

우리 꼬마 친구가 이 책을 찾게 된 건 커피에 대한 간절함 때문이겠지!

분명 평상시에 느꼈던 커피와는 다른 느낌이 들어서였을 거야.

그건 비록 잠시였지만 너의 작은 가슴이 커피가 품고 있던 마음을 느꼈기 때문이란다.

그 커피의 마음 끝엔 깊은 슬픔이 담겨 있었거든.

이제 앞으로도 넌 더욱 많은 비밀의 문을 보게 될 거야.

너의 손에 들려진 나의 책이 길을 찾지 못한 채 서성이는 너에게….

진실에 대한 간절함과 그 이상의 너머를 꿈꾸는 너에게….

그런 너의 마음을 분명 밝은 빛으로 인도할 테니.

어린 왕자의 희고 가는 손이 미세하게 떨리며 책장 한 장 한 장을 조심스럽게 넘깁니다. 그때마다 백지 위에 물감이 번지듯 은빛 글씨가 나타나 어린 왕자의 마음을 설레게 합니다. 호기심 가득한 장미와 함께 어린 왕자는 아저씨가 들려주는 지구별 이야기에 조금씩 빠져들고 있었습니다.

어린 왕자에게 들려주는 블랜딩 커피 이야기

밀레의 이브닝 벨

저녁노을에 피어나는 아련함

Blending Note/ 찬차마요, 수마트라, 몬순말라바
하루 단 한 잔의 커피밖에 마실 수 없다면
가로등이 하나둘씩 켜지는 저녁.

어린 왕자와 장미는 자신들을 슬픔에 빠져들게 했던 이 새로운 커피를 다시 천천히 살펴봅니다. 역시 그동안의 커피들과는 이름부터가 달랐습니다.

이브닝 벨(Evening bell)

어린 왕자는 고개를 갸웃거립니다.

무엇이 다른 걸까!

분명 커피의 한 종류일 텐데?

도대체 왜 그런 느낌이 들었는지 어린 왕자는 아직도 알 수가 없었습니다. 다시 한번 소담하게 불을 뿜고 있는 조그만 화산에 물주전자를 올린 채 곱게 커피를 갈아 내립니다.

잠시 후, 어린 왕자의 황금빛 머리칼이 노을에 불그스름하게 그을릴 때쯤, 한 잔의 커피가 완성됩니다. 커피를 한 모금 마시자 또 다시 가슴이 두근두근 거립니다.

똑같아!

그 느낌 그 아픔이 다시 느껴져!

어떻게 커피에서 이런 감정을 느낄 수 있을까?

잠시 커피 잔을 내려놓고 자신이 힘들게 얻은 마법 책에 손을 얹습니다.

곧 가느다란 손이 한곳에서 멈추고 빛과 함께 물감이 번지듯 새겨지는 아름다운 문자에 어린 왕자의 파란 눈동자는 한동안 밝게 빛이 나기도, 때론 슬픔에 흔들리기도 합니다. 그리고 잠시 후 투명한 눈물 한 방울이 손등에 떨어지고야 맙니다.

어린 왕자는 조용히 책을 덮으며 고개를 숙입니다. 품고 있던 의문이 해소되었나 봅니다. 그 모습을 곁에서 걱정스럽게 지켜보던 장미가 조심스럽게 숨을 내쉽니다. 한번 의문이 생기면 헤어 나오지 못하는 어린 왕자가 장미는 무척 걱정스러웠나 봅니다.

이제 의문이 풀렸나요?

어린 왕자님!

어린 왕자는 고개를 끄덕이며 장미를 향해 슬픈 미소를 보냅니다.

…….

그래도 참!

다행이에요.

그런데 책 속에 무슨 이야기가 있기에 그리 슬퍼하시나요?

장미님.

저 지구별엔 우리가 알 수 없는 일들이 너무 많은 것 같아요.

어쩌면 전 지구별의 아주 작은 부분만 보고 왔는지도 모르겠어요.

어린 왕자는 머리 위를 넘어가는 해를 보며 잠시 뜸을 들이더니 조용히 이야기합니다.

지구별 아저씨는 그림을 그리는 화가와 같아요.

자신의 커피로 그림을 그리는….

화가가 화폭에 형상과 색을 입히듯이 아저씨 역시 커피에 생명과 감정을 불어넣어요.

그래서 좀 전에 마신 커피에서 그런 슬픔을 느꼈던 거예요.

어린 왕자는 의자에 털썩 앉으며 자신을 걱정스러워하는 장미에게 아저씨의 마법책 속에 쓰인 첫 번째 이야기를 들려줍니다.

친구 정말 저 그림을 그대로 출품할 생각인가?

곧 있을 프랑스 미술전에 출시될 작품을 감상하던 루소는 이 천재적인 재능을 가진 친구의 그림 중 하나를 떨리는 손으로 가리키며 말합니다. 루소는 밀레의 후견인이자 그의 가족을 보살펴 주는 은인 같은 친구였지요.

그러나 루소는 지금 밀레의 그림이 무척 당혹스러웠습니다. 잠시 멀리서 감상할 땐 경건한 느낌의 평화로운 그림이었지만, 보면 볼수록 마음에 다가오는 묘한 어둠과 절절함에 이상함을 느낀 루소는 그림 속 바구니 안에 그려져 있는 생각지도 못한 형체에 깜짝 놀라 밀레에게 다그치듯 물어봅니다.

밀레는 조용히 고개를 끄덕입니다.

친구.

저 그림은 내 가슴속 깊은 곳에 감추어 둔 마음의 거울이라네.

그리고 어쩌면, 우리 내면에 감추어 둔 우리들의 본모습일 수도 있지….

오래전부터 밀레의 고뇌를 알고 있던 루소는 마른침을 삼키며 다시 밀레를 설득하기 시작합니다.

자네의 마음을 모르는 바는 아니지만, 다시 한번 생각하게나.

지금은 상황이 너무 엄중하지 않은가!

저 그림이 그대로 출품된다면 사회적인 파장이 만만치 않을 것이네.

그렇지 않아도 들끓는 민심에 기름을 붓는 격이 될 것이야!

당시 프랑스는 혁명이 이루어진 지, 수십여 년이 지났지만 봉건제도의 잔재는 아직도 남아 있었고 여전히 소수의 귀족들과 상위 부르주아들만이 사회변혁의 혜택과 부를 누리고 있었습니다. 언제나 정치가들은 국민들을 기만해 왔고, 자신들의 이익을 지킬 수 있는 이권단체들과 권력에 복종하는 이들에게만 혜택을 주었습니다.

정작 대다수의 국민들은 가난과 고통 속에서 벗어나질 못하고 있었지요. 그들은 정직하고 선량하였지만 권력을 잡은 자들의 속성을 알기엔 너무 순진하였기 때문입니다.

밀레는 친구인 루소의 설득에 고개를 가로저으며 말합니다.

난 그날의 슬픔을 잊을 수가 없다네. 이미 그들의 아픔이 내 마음에 고스란히 담겨 있는데, 이제 와서 어떻게 그림에 또 다시 손을 대겠는가.

밀레는 눈에 차오르는 습기를 잠시 닦으며 가슴에 묻어 두었던 그날의 이야기를 루소에게 전합니다.

1857년 프랑스의 어느 날, 교회의 마지막 저녁 종이 울리기 전, 들판에 앉아 저녁노을의 풍경을 그리고 있던 밀레의 눈에 들어온 젊은 농부와 그 아내의 모습은 왠지 모를 슬픔에 젖어 있었습니다.

황혼이 질 무렵 작은 바구니를 가슴에 꼭 껴안은 채, 아직은 겨울의 위세가 끝나지 않아 목덜미가 시큰하게 시려 오는 차가운 바람에도, 얼어붙은 들판에 엉켜 붙은 풀 더미에도 봄이 오려면 아직은 더 기다려야 하건만, 몸에 두른 옷조차 변변해 보이지 않는 이 부부는 넋이 나간 듯, 바구니를 가슴에 파묻곤 들판의 한자리에 멈추어 서 있었습니다.

손에 입김을 호오, 불며 저녁노을에 차갑게 물들어 가는 거친 들판을 스케치하던 밀레의 눈에 조심스럽게 바구니를 땅에 내려놓는 부부의 모습이 보입니다.

그는 생각에 잠깁니다.

아직은 씨앗을 심을 때가 아닌데!

이 시간에 무슨 일일까?

그러나 농부와 아내는 이 얼어붙은 땅에 바구니를 내려놓는 것조차 고통스러운 듯 몸을 떨며 움츠립니다. 농부는 눈을 몇 번이나 떴다 감으며 가슴을 후벼 파는 자신의 아픔을 뒤로하고 더 이상 흐를 눈물조차 메말라 버린 아내의 어깨를 다독입니다.

조금 전만 해도 젖을 달라며 꼼지락거렸을 딸의 조그마한 손은 이미 차갑게 식어 버린 지 오래전…. 가족을 지키기 위해 쉬지 않고 일을 하던 농부였지만, 저 가녀린 어린 딸의 배를 채울 수 있는 조금의 모유조차 영양실조에 걸린 아내는 먹일 수가 없었습니다.

찬바람이 부는 동장군이 사라지기도 전에 어린 딸은 그렇게 힘들게 새근거리던 숨을 조용히 멈추어 버렸습니다. 이 추운 겨울과 굶주림을 이겨 내기엔 어린 아기는 너무 연약하였던 것이지요. 이젠 아내의 육체와 마음도 절망과 슬픔에 쓰러져 가고 있습니다. 마치 심지가 다 타 버린 촛불처럼.

농부는 사랑하는 아내마저 잃을 순 없었습니다. 변변한 식사조차 못 하며 슬픔과 스스로의 죄책감에 젖어 있던 아내를 겨우 설득하여 이곳 들판에 데리고 나왔던 것입니다.

하지만 부부는 땅에 내려놓은 바구니를 차마 쳐다볼 수가 없었습니다. 메마른 땅에 초라하게 놓인 바구니를 바라보는 것만으로도 참을 수 없는 슬픔이 몰려 왔기 때문입니다. 멀리서 은은하게 들려오는 무심한 교회의 저녁 종소리는 그들의 마음을 더욱더 아프게 두드립니다.

농부와 아내는 알고 있었습니다. 이 세상을 이렇게 만든 교활한 정치가들의 냉혹함을 그리고 신의 이름을 빌린 성직자들의 탐욕을…. 그들은 오로지 자신들의 권력만 탐하였으며 성직자들 또한 손에 동전 몇 푼이라도 쥐어 주지 않으면 신의 자비와 사랑을 몇 마디 내뱉는 것조차 아까워하였습니다.

결국, 힘없는 그들이 할 수 있는 일은 어딘가에 계실 신에게 천사가 되어 버린 아기의 영혼과 안식을 부탁하는 것뿐이었습니다. 그들은 슬픔을 마음에 새기며 깊이 잠든 아기에게 마지막 이별을 고합니다.

나의 천사, 나의 사랑하는 아가야….

그곳에서 조금만 기다리렴.

곧 널 만나러 갈 테니….

짙어지는 노을 속에 들려오는 마지막 종소리가 들판을 차갑게 스치고 사라집니다.

먼발치에서 그 모습을 멍하니 지켜보고 있던 밀레의 가슴에 그들의 슬픔과 고통이 고스란히 밀려옵니다. 모유조차 제대로 먹지 못해 굶어 죽는 아기들이 있다는 소문은 익히 들어 알고는 있었지만, 이 아픔을 실제로 목격한 건 그도 처음이었습니다.

가난한 소작농의 삶은 이미 오래전 자신의 삶을 통해 알고 있었고, 때로는 배고픔을 연명하기 위해 이삭 줍는 아낙들의 모습을 그리며 그들에게 곱지 않은 시선을 받기도 했지만 이런 슬픔은 아니었습니다.

그의 손이 심하게 떨립니다. 그의 마음속엔 화가로서의 영감과 인간의 슬픔에 대한 존중이 뒤섞여 몰아칩니다. 차마 저 슬픔을 당장 화폭에 옮겨 담기엔, 그의 마음에 새겨진 고통의 색이 너무 짙었습니다. 결국에 그는 붓을 땅에 떨어트리고는 흐르는 눈물을 닦습니다. 그리고 잠시 후, 저 부부의 슬픔을 각인시키듯 자신의 가슴속 깊은 곳에 깊이깊이 담아 그립니다.

언젠가 시간이 흘러 저 아픔과 슬픔이 조금이라도 희석이 된다면 그때 다시 깊은 가슴속에 감추어 둔 붓을 꺼내어 화폭에 옮기리라.

그는 그렇게 한 장의 슬픔을 마음속 끝 깊은 곳에 담아 둡니다. 탄식 같은 그의 고백에 친구인 루소의 눈빛이 격하게 흔들립니다. 그러나 루소는 마음을 다잡고 계속해서 밀레를 만류합니다. 사실 그는 무명시절 단 한 장의 그림도 팔지를 못했습니다. 이제야 겨우 화단의 주목을 받아 가는 시점에 사회적으로 큰 논란거리를 일으킬 순 없었습니다.

당시에 한 번 적으로 간주된 예술가들과 문인들은 나라의 권력을 쥔 자들로부터 감시와 집요한 공격을 받았기에 루소는 거듭 밀레를 설득합니다. 그는 자신을 위해 간곡하게 부탁을 하는 친구의 마음을 저버릴 수가 없었습니다.

결국 그는 아기천사를 담은 바구니 위에 대신 감자를 덧칠해 그려 넣었지만 왠지 모를 어두운 슬픔과 처연함은 사라지지 않고 그림에 그대로 남겨 두었습니다. 그건 장 프랑수아 밀레의 마지막 고집이었겠지요.

우리 지구별 사람들은 그가 살던 시대뿐 아니라 현재의 세상에서도 힘과 권력에 의해 굴복이나 타협을 강요받기도 한단다.

부패한 권력은 기관과 언론을 압박해 늘 빛을 어둠으로 가려버리지.

아니!

어쩌면 그들 모두가 같은 공생관계일지도 몰라.

그래서 세상의 진실은 마치 '시'와 같아서 대중들이 깨닫기엔 무척이나 어렵단다.

진실은 담백하고 단순하여 누구든 깨달을 수 있지만 그것을 원하지 않는 자들은 온갖 은유와 미사여구를 동원해 진실을 꽁꽁 감추어 두지.

그들이 그러는 이유는 그동안의 탐욕과 위선 그리고 속임수가 탄로 날것을 두려워하기 때문이야.

이러한 어둠들은 늘 세상에 존재해 왔지만 결국 위선과 거짓들은 그들의 마음 끝에 있는 행동을 통해 언젠가는 드러나고 만단다.

반드시 기억하렴.

그들이 행하는 행동의 끝엔 결국 그들이 그렇게 숨기고자 하는 마음 끝 진실이 담겨져 있다는 것을….

그림을 한번 보겠니?

저 멀리 그림에는 어렴풋이 교회가 보이지만, 아기 천사와 부부를 위해 기도해 주는 성직자는 보이지 않지? 그건 바로 시대의 상황을 간접적으로 보여 주는 거란다.

어떤 시대나 신은 인간을 사랑하였지만, 신을 섬기는 자들은 신만큼 인간을 사랑하지는 않았지.

오히려 그들의 일부는 사람들이 가지고 있는 물질에 더욱 많은 관심을 가졌단다.

사실 정치와 종교가 물질에 굴복하고 순종한 것은 매우 오래된 일이지만 그 잘못은 결국 우리 모두에게 있을지도 몰라.

권력자들이 속임수로 우리를 기만하고 성직자들이 신의 대리인 것처럼 행동하는 것을 우리들은 오랜 시간을 지켜만 보았단다. 결국 그들에게 잘못된 권력과 거짓된 성스러움을 준 것은 우리들의 무지와 안일함 때문일 거야.

그 누구도 지금까지 그것이 거짓인지, 진실인지 알아보려 하지 않았지. 그들이 하는 말에 안도하며 스스로를 속이고 자신의 욕망만 채우면 이 세상에 무슨 일이 일어나든 상관하지 않았단다.

어쩌면 이런 모든 사람들이 같은 공생관계일지도 몰라. 왼쪽이든 오른쪽이든 중간이든 그들이 우선시해야 할 건 국익과 국민의 자유와 행복이지만 그들에겐 오직 탐욕만이 남은 것 같구나. 이런 모든 사실을 알고 있는 신께선 더욱 자신이 사랑하는 인간들의 것을 탐하지 않는단다. 그건 신마저 그런다면 그들과 별

반 다를 게 없기 때문이지.

사실 이 세상의 모든 것이 그분의 법칙 안에 있는데 무엇을 탐하겠니.

이렇듯 모든 것이 법칙 안에 포함되어 있듯이 그림 안에 존재하는 사랑과 슬픔은 또 다른 아름다움의 일부란다.

멀리 떨어진 너의 별에서 느낀 그 슬픔도 하나의 아름다움이었지.

슬픔이란!

사랑의 또 다른 씨앗일 뿐이기에.

아마도 신께서 이 세상을 포기하지 못하는 이유도 황무지 속에서 피어나는 아름다운 꽃들처럼 마음과 영혼에 사랑과 슬픔을 간직한 따뜻한 이들이 이 지구별 곳곳에 숨어 있기 때문일 거야.

밀레의 이브닝 벨처럼 말이지.

아저씬 그렇게 밀레의 마음 끝 그림처럼, 이 커피의 마음속에 아름다움의 한 조각인 사랑과 슬픔을 담고 싶었단다.

분명 우리 꼬마 친구도 커피에 마음을 담아낼 수 있을 거야.

넌 마음의 끝을 볼 수 있는 세상에 단 하나뿐인 어린 왕자이니까!

렛잇고

티끌 같은 세상 그보다 무거운 영혼

Blending Note/자바, 코스타리카SHB, 케냐AA, 토라자
누군가의 위로가 간절할 때 그리고 지금 너의 모습 그대로 '괜찮아'라고 듣고 싶을 때
마음에 묻은 먼지를 털어내듯

장미는 한 주 전부터 작은 활화산 앞에 쪼그리고 앉아 끙끙대며 머리를 쥐어뜯고 있는 어린 왕자를 측은하게 바라보며 깊은 숨을 내쉽니다. 붉게 상기된 얼굴로 비밀의 문을 엿보았다며 그렇게 좋아하던 모습도 잠시뿐, 불과 일주일 만에 얼굴이 핼쑥해져 버린 어린 왕자는 오늘도 변함없이 구슬땀을 흘리며 커피를 만들고 있었습니다.

그러나 아무리 노력해도 붉게 피었다 사라지는 석양 노을처럼, 아련한 슬픔이 깃든 커피를 만들어 낼 수가 없었습니다. 장미는 저러다 어린 왕자가 심한 병이 날까 봐 정말 걱정입니다.

장미는 오래전부터 궁금하면 참지 못하는 어린 왕자의 성향을 잘 알고 있었습니다. 그 때문에 꾹 참고 지켜만 보았지만, 더 이상 저렇게 놔두면 안 되겠다 싶었나 봅니다. 장미는 마음을 다잡고는 힘을 다해 높은 옥타브의 비명을 지릅니다.

'꺅' 하는 비명소리에 놀란 어린 왕자는 검댕이가 잔뜩 묻은 얼굴을 소매로 훔치다 말고는 장미에게 허둥지둥 달려옵니다. 장미는 놀라서 눈을 동그랗게 뜨고 있는 어린 왕자에게 울먹이며 말합니다.

어린 왕자님!

방금 저의 꽃잎에 제가 세상에서 제일 무서워하는 '벌레'가 앉아 있었어요.

저의 몸에 상처를 내었으면 어떡하죠?

깜짝 놀란 어린 왕자는 장미의 이곳저곳 구석구석을 애지중지 살핍니다.

혹여 아픈 곳은 없는지.

긁힌 곳은 없는지.

물린 곳은 없는지.

장미는 그런 그의 모습에 마음이 매우 흐뭇해졌는지 미소를 지으며 이야기합니다.

이왕에 이렇게 오셨으니 저에게 물도 좀 주시고 어린 왕자님도 좀 휴식을 취하는 게 어떨까요?

벌써 일주일째 쪼그리고 앉아 커피만 만들고 있었잖아요….

네 일주일이요?

벌써 시간이 그렇게 흘렀나요.

어린 왕자는 그동안 자신도 모르는 사이에 커피를 만드는 재미에 푹 빠져 있었던 것입니다. 하지만, 수없이 반복하며 커피를 만들어 보아도 마음은 흡족해지질 않았습니다. 아무리 노력해도 아저씨가 만든 커피의 느낌을 따라갈 수가 없었던 거지요. 아무래도 이제 겨우 커피에 대해 눈을 뜨고 있는 어린 왕자에겐 너무 어려운 숙제였나 봅니다.

잠시, 의자에 앉아 땀을 닦는 어린 왕자를 보며 장미가 짓궂게 놀립니다.

그렇게 계속 혼자서 끙끙거리지만 말고 다른 방법을 찾아보는 건 어떨까요?

… 그러다간 붉은 노을이 백만 번 떴다 져도 힘들 것 같아요.

장미의 놀림에 자존심이 조금 상했는지 입술을 살짝 삐죽거렸지만, 그렇지 않아도 조금씩 지쳐 가던 어린 왕자는 아저씨가 남긴 마법 책을 다시 찾아볼 생각이었습니다.

어린 왕자는 그동안 흐트러진 황금빛 머리칼과 검댕이 묻은 얼굴을 깨끗하게 정돈합니다. 그리고는 마법 책을 자신의 무릎 위에 소중하게 올려놓고는 한 장 한 장 조심스럽게 넘깁니다. 곧 화사한 빛과 함께 나타날 아저씨의 또 다른 이야기를 기대하며 말이지요.

안녕! 꼬마 친구.

로스팅도 어렵지만 블랜딩이란 영역은 더욱 쉽지 않지?

그래도 포기하지 않고 노력하다 보면 진정한 커피의 모습을 보게 될 거야!

머릿속에서 이해하는 개념을 떠나서 그것을 실제로 겪고 체험할 때 많이 우린 진실에 다가갈 수 있기 때문이지.

그럼 지금부터 오랜 시간 진실을 찾아 헤매던 이름 모를 도둑의 이야기를 들려줄 테니 한번 들어 보렴.

어느 날, 하늘 구름 위 천국에 있는 곳간에 도둑이 들었습니다. 이 곳간을 지키던 천국의 문지기는 인간이 이곳까지 들어오는 경우는 정말 흔치 않은 일이었기에 과연 무슨 짓을 하는지 재미삼아 지켜보기로 결정했답니다.

문지기는 이 곳간에 들어와 어슬렁대는 인간을 보며 아주 운이 좋은 좀도둑이라고 생각하였습니다. 인간이 스스로 깨달아 이곳까지 온다는 것은 거의 불가능한 일이었기 때문입니다. 그렇기에 만약 나쁜 짓을 하면 크게 혼내어 쫓아낼 요량으로 킥킥대며 숨어서 지켜보고 있었지요.

그런데 멀리서 가만히 지켜보니, 이 좀도둑의 행동이 보통 인간들과는 좀 달랐습니다. 처음엔 산처럼 쌓여 있는 금은보화에 놀라, 휘둥그레진 눈으로 이리저리 기웃거리더니! 언제부터인가 그 수많은 보물들과 진귀한 물건들엔 무관심한 채, 유독 항아리에 담겨 있는 검은색 음료만을 탐하더랍니다.

커피라고 불리던 그 음료는 아주 오래전에 신께서 인간들이 사는 세상에 내려가 유일하게 하늘나라로 가져온 것이었지요. 그 좀도둑은 그렇게 커피만 실컷 마시고는 무엇이 그리 좋은지 폴짝폴짝 뛰며, 다시 자신의 세상으로 돌아가더랍니다. 곳간을 지키던 문지기는 참 이상한 녀석이라고 생각하며 사라져 버린 이 좀도둑이 다신 길을 찾지 못할 거라 예상했지만, 이 도둑은 천국의 곳간으로 들어서는 길을 깨달아 버렸는지, 툭하면 곳간의 문을 열고 들어와 가장 맛있는 커피만을 골라 마시는 게 아니겠습니까! 그러고는 이젠 이곳이 제 집인 양 죽치고 들어앉아, 어느새 곳간에 있던 커피의 원료들을 한곳에 모두 모으더니 밤을 새우며 커피를 만들기 시작하더랍니다.

아뿔싸! 이 도둑은 그렇고 그런 평범한 도둑이 아니었던 것입니다. 그 후 시간이 흘러 하늘나라에 하얀 첫눈이 내리던 어느 날! 결국, 이 도둑은 천국에서 가장 향기롭고 맛있는 커피를 만들어 내고야 말았답니다.

이 지구별에는 어느 순간 망각에서 깨어나 자신의 소망을 이루는 사람들이 종종 있단다.

어쩌면 망각이란 것도 우리가 이 땅에 태어나기 위해 스스로의 기억을 지워야 했던 하늘나라의 약속일 수도 있지.

아저씨는 그 약속처럼 개념으로만 알고 있던 것들을 체험을 통해 완성해 나가는 곳이 이 지구별이라고 생각한단다.

자신을 새롭게 발견하고 완성시키며 삶의 의미를 찾는다는 건, 분명 우리에겐 가치 있고 아름다운 일일 거야.

어쩌면, 이 세상에 존재하는 우리의 몸은 티끌처럼 가볍고 우리의 영혼은 그보다 더욱더 무겁고 영원하기 때문이지.

이 이야기의 시작은 어느 늦은 가을 저녁, 자신이 누구였는지를 깨닫기 위해 애쓰는 한 여성과의 만남에서 시작되었단다.

난! 우연히 그녀의 삶 속에서 공존하는 아픔과 외로움 그리고 새롭게 태어나려는 열망을 보게 되었어.

그리고 홀로 외롭게 아파하는 그녀의 지친 마음을 위로해 주고 싶었단다.

어쩌면 소담한 활화산 앞에 쪼그리고 앉아, 이야기를 듣고 있는 우리 꼬마 친구와 장미의 마음도 위로해 줄 수 있겠구나!

어린 왕자는 마른 침을 삼키며 고개를 끄덕입니다.

아저씨는 저 멀리 떨어진 지구별에서 어린 왕자에게 깨우침을 주고 있었습니다.

그때 어린 왕자님! 하고 부르는 장미의 다정한 목소리가 들립니다.

아이.

저도 아저씨의 이야기가 궁금해요.

저에게도 들려주시지 않으시겠어요?

어린 왕자는 그새 장미에게 놀림당한 기분이 풀렸는지 눈가에 미소를 짓습니다. 이미 그들의 머리 위로 붉은 해가 여러 번 지나가는 것도 잊은 채 말이지요.

겨울 달로 넘어가는 마지막 늦가을 이른 저녁 어느 날. 늘 카페에 자주 오시던 한 여성분께서 혼자 조용히 문을 열고 들어오신

날이었습니다. 그날따라 그녀에겐 조금은 쓸쓸한 분위기가 묻어 있었지요.

평상시엔, 항상 같은 또래의 여성분들과 즐거운 담소를 나누고 가시던 밝고 좋은 에너지를 가진 여성분이었습니다. 하지만 늦가을답게 제법 날씨가 쌀쌀한 탓인지 왠지, 분위기도 안색도 조금은 창백해 보였답니다.

그녀는 차분한 목소리로 커피를 한 잔 주문하고는 잠시간 침묵을 지키며 커피에만 집중하는 듯 보였습니다. 늘 그렇듯 혼자 오시는 분들은 보통 책을 읽거나 음악을 들으며 휴식을 취한답니다. 카페에 오시는 많은 분들과 세상에 대해 이야기를 나누며 소통하는 저였지만 왠지 그날만큼은 그녀에게 가까이 가기가 어렵더군요.

그렇게 시간은 늦가을의 낙엽이 하나하나 떨어지듯 조금씩 흘러갔습니다. 한 잔의 커피가 온기를 잃고 차갑게 식어 갈 때쯤, 우연히 눈에 띈 건 그녀의 눈가에 맺힌 그렁그렁한 눈물이었습니다. 아! 이럴 땐 못 본 척하는 게 좋습니다. 그녀와 저 자신을 위해서도 말이지요. 각자의 삶에 드리워진 그림자 같은 무채색의 어두움은 그 누구에게나 있기 마련이니까요.

하지만 시간이 흐를수록 마음이 왠지 무거워집니다. 얼마 남지 않은 커피 잔을 만지작거리는 그녀의 손이 너무 쓸쓸해 보였기 때문입니다. 전 따뜻한 커피 한 잔을 정성스럽게 만듭니다. 바보 같은 이야기지만 전 커피의 진정성을 믿는답니다. 사람이 마음과 정성을 다할 때, 커피라는 존재도 그것을 자신에게 담아 상대방에게 전해 준다는 것을요. 이제 조금은 마음이 진정 되었는지 따뜻한 커피 잔을 어색하게 만지며 그녀가 말을 건넵니다.

죄송해요.
저 때문에 신경 쓰이셨죠.
근데 마땅히 갈 데가 없어서….

전 괜찮아요.
근데 무슨 속상한 일이 있으셨나요?
아차!
괜히 물어봤나!
해결도 못할 거면서.
그냥 커피만 드리고 갈 걸….
하지만 잠시 머뭇거리는 사이에 그녀의 떨리는 목소리가 들립니다.

할 수만 있다면 다시 시작하고 싶어요.

저의 삶을요!

친구들과 같이 웃고 떠들어도 즐겁지가 않아요.

사람들 앞에선 즐거운 척, 행복한 척하지만 사실 행복하지도 즐겁지도 않아요!

전 지금 무엇을 위해 사는지 전혀 모르겠어요.

아이의 엄마로서 남편의 아내로서 의무를 다할 뿐, 제가 누구인지를 모르겠어요.

이젠 너무 늦었겠죠!

제가 누구인지를 알기엔?

우리 모두 어떤 때는 삶의 여정 중에 이처럼 따라붙는 그림자 같은 어두움을 떨쳐 버릴 수가 없습니다. 누구나 가끔씩 또는 자주, 아니 한 번쯤은 이런 생각을 한 적이 있지 않았을까요?

자신이 이 땅에 태어나 남은 이유를…. 그리고 고통스럽고 아프고 부끄러워 지워 버리고 싶은 기억의 편린들을…. 저의 가슴이 조금씩 아려 옵니다. 저 역시 존재에 대한 아픔과 지우고 싶은 기억들이 있기에.

카페에 자주 오는 그녀였지만, 이름 같은 건 모른답니다. 다만 제 커피를 좋아하고 이 공간을 아낀다는 것뿐! 전 그녀에게 약속을 합니다.

다음 주에 한 번 오시겠어요!

제가 멋진 선물 하나 해 드릴게요.

여성분이 조용히 일어나 나가신 후, 전 잠시 생각에 잠깁니다. 삶에 용기와 희망을 주는…. 아니! 그 정도는 아니어도 마음을 위로해 줄 수 있는 커피를 과연 만들 수 있을까! 다양한 원두들과 그 특성들이 머릿속을 지나쳤지만 이론과 실체는 다르기에 더 많은 고민을 해야 했습니다.

스모키 함이나 강한 탄 내음은 없어야겠지!

오히려 기분이 우울해질 수도 있어.

그리고 레몬 같은 지나친 산미는 오히려 눈살을 찌푸리게 하지.

포도나 사과 같은 달콤한 산미여야 해!

커피의 향은 밝고 화사해야 할 것 같아.

코끝을 자극할 정도로 그렇다고 너무 가벼우면 안 되겠지.

이젠 곧 겨울이잖아!

곧 겨울….

그 순간 정신이 맑아집니다.

아!

겨울왕국!

엘사가 부르던 그 Let it go.

첫 한 모금에 느껴지는 달콤한 초콜릿 향과 체리 향의 화사함.

겨울의 찬바람을 잊게 해 주는 중후한 바디감 그러나 너무 무겁거나 거칠지 않은 부드러움.

슬픔을 위로하고 치유하며 새로운 시작을 할 수 있도록 용기를 주는 커피 Let it go는 그렇게 만들어졌습니다. 이젠 가을이라 하기엔 조금은 어색한 찬바람이 부는 어느 날. 커피 Let it go를 처음으로 받아 든 그녀의 눈가엔 또 한 번 그렁그렁 눈물이 맺힙니다.

아.

이런!

그렇게 각자의 마음에 드리워진 그림자는 옅어지고 초겨울의 밤은 깊어만 갑니다.

이 커피는 당신에게도 필요하지만 저에게도 필요한 커피랍니다.

덕분에 저에게도 소중한 블랜딩 커피 하나가 생겼네요.

그녀의 영혼과 마음이 위로를 받고 카페의 마지막 손님으로 총총히 사라진 후 모두가 떠난 늦은 밤, 카페에 혼자 남은 이 시간은 세상에서 묻은 먼지를 털어 내고 스스로를 조용히 거울에 비출 수 있는 저의 유일한 시간이기도 합니다.

그동안 세상을 만든 보이지 않는 존재에게 항상 투정 부리듯 던졌던 수많은 질문들? 오늘은 저 역시 제가 누구인지 좀 알려주세요!가 되어 버렸습니다. 그녀의 삶에 대한 의문과 존재의 상실감이 저에게도 전염이 되었나 봅니다.

찻잔에 담긴 검은 액체가 온기를 잃어 가는 그리 길지 않은 시간에 문득, 아주 오래전 어떤 아름다운 동화 작가의 이야기가 스쳐 지나갑니다. 어쩌면 오늘은 이 이야기가 우리 모두에게 답이 될는지도 모르겠습니다.

어떤 한 여인이 길을 가다 교통사고를 당하게 되었습니다. 그녀의 육체는 혼수상태에 빠졌고, 그녀의 영혼은 잠시나마 신을 만나 뵙게 됩니다. 신께서 그녀에게 물어봅니다.

넌 누구니?

그녀가 말하길 제 이름은 ○○이에요!

아니 난 너의 이름을 묻지 않았다.
넌 누구니?

그녀가 다시 답하길 전 ○○의 엄마예요!

아니!
난 네가 누구의 엄마인 걸 묻지 않았다.
넌 누구니?

…그녀는 계속 자신이 어디에 살고 있으며, 누구의 부인이고, 누구의 딸이라고 말을 했지만….

신께선, 좀처럼 만족하지 않으셨나 봅니다. 그녀는 어느 날 깊은 혼수상태에서 깨어나자마자, 주위 사람들을 붙들고는 제발 자기가 누구인지 좀 알려 달라며 눈물을 흘렸으니까요.

우린 정말 누구일까요? 자신의 존재에 대해 우린 가끔씩 의문을 품게 됩니다. 누구의 엄마이고 아내이기 전에 또는 누구의 자녀이기 전에 우린 정말 누구일까요? 우린 어쩌면 그동안 자신의 삶이 아닌 관계에 얽매인 삶을 살고 있었는지도 모릅니다. 그렇기에 정화되지 않은 우리의 삶의 본질과 성품은 결국 삶이 위기일 때 드러나고야 맙니다. 그 모습이 매우 추악하고 탐욕스러울 수도 있지만, 우린 평상시엔 그렇지 않은 척 가면을 쓰고 있지요. 자신의 욕심과 이기심 그리고 거짓과 위선 등을 가린 채.

신께서 그녀에게 넌 누구니?라고 물어보신 건, 아마도 그녀의 가면 뒤에 감춰진 삶의 진실함과 충실함에 대해 물어보신 것일 겁니다. 이 세상은 우리의 본성이 아닌 잠시 지나치는 여행지일 것입니다. 우리의 속성은 땅이 아닌 하늘에 있기 때문입니다. 그것이 이 땅에서 사는 우리의 마음이 조금은 아프고 불편한 이유이겠지요. 아무리 좋은 여행지라도 그곳에 자신의 것은 결국 아무것도 없습니다. 그래서 이 땅에 머무는 동안 우리의 삶이 좀 더 맑고 투명했으면 좋겠습니다.

조용히 이야기를 듣고 있던 장미는 어린 왕자가 왜 그렇게 지구별 아저씨의 이야기와 커피에 대해 집착할 수밖에 없었는지 이 순간 가슴의 두근거림으로 알 수 있었습니다.

항상 지는 노을이지만 똑같은 노을은 볼 수 없듯이, 화폭에 그려지는 그림처럼 맛도 풍미도 그리고 그 의미와 느낌도 모두 다를 수 있다는 것을…. 그리움과 사랑일 수도 또는 아름다움일 수도 그리고 슬픔과 위로일 수도 있다는 것을…. 그리고 세상에서 이루어지는 모든 만남은 우연일 수는 없다는 것을….

장미는 어린 왕자를 따뜻한 시선으로 바라보며 마음속 깊은 다짐을 합니다. 언젠가 어린 왕자가 이 작은 별을 떠나 지구별 아저씨를 만나러 갈 땐 무슨 일이 있어도 꼭 동행하겠다고 말입니다.

CAFE. L 커피 시음권

어린 왕자의 설레던 장미와의 첫 만남처럼
수줍은 듯 목을 타고 넘어가는
매혹적인 흑빛 머리칼 아저씨의 커피를 직접 경험해 보세요!

도장

How to….

1. 책을 카페 L에 가지고 오셔서 칠흑빛 머리칼 아저씨의 도장을 받으세요.
2. 책을 소장하신 분에 한하여 칠흑빛 머리칼 아저씨의 숙성 드립 커피 한 잔을 드립니다.
3. 노을빛에 앉아 어린 왕자와 커피의 첫 만남을 상상하며 드셔 보세요.
4. 위치: 분당구 문정로45번지 CAFE. L (율동443) 투명한 호수와 아름다운 노을이 보이는 그곳.
5. 주차: 율동공원 B주차장(3시간 무료)

영업시간: 아침 7시~저녁 12시(연중무휴) / 주차: 분당율동공원 B주차장(3시간 무료), 피크닉 주차장(무료) / 문의 전화: CAFE. L /031-8017-8223

뱀파이어와의 인터뷰

영원한 삶은 축복일까요

Blending Note/ 수프리모 피탈리토, 안티구아SHB, 하라, 카피로얄
흐릿한 어둠 그리고 바람이 불 때
빗물이 땅위에 넘쳐 조랑거리며 흐를 때 그리고 문득 그 사람이 그리워질 때

오늘따라 어린 왕자와 장미가 살고 있는 이 작은 별에 아침부터 짙은 안개가 파도처럼 밀려옵니다. 장미는 처음 보는 운무 같은 안개에 바짝 긴장한 채, 앙증맞은 가시 네 개를 곤두세우며 버텨 보지만 곧 어린 왕자를 애타게 부르기 시작하지요.

왕자님! 왕자님!

어서 나와 보셔요.

이상한 안개가 몰려와요!

얼른요!

장미의 다급한 목소리에 어린 왕자는 헝클어진 머리를 긁적이며 창문 밖으로 얼굴을 빼꼼히 내밉니다. 반쯤 감긴 눈으로 미적

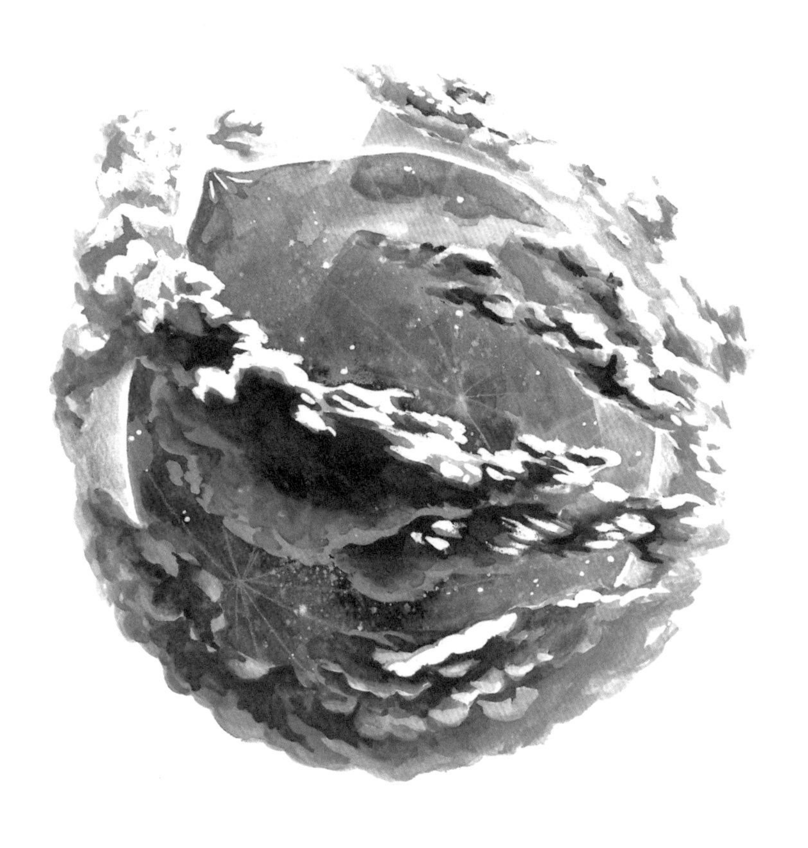

거리던 어린 왕자의 눈에 장미의 말대로 자신의 별에선 좀처럼 볼 수 없었던 뿌연 안개가 자욱이 몰려옵니다.

어린 왕자는 고개를 갸우뚱 거립니다.

이상하네!

저런 건 지구별에서나 볼 수 있는 건데.

그동안 장미는 가시를 곧게 세우며 이 뿌연 안개에 저항해 보지만, 끈적거리며 달라붙는 음산한 느낌은 평소에 무서워하던 벌레나 양보다도 장미를 더욱 두렵게 만들었습니다.

으앙….

장미는 결국 울음을 터트리고야 맙니다.

어린 왕자는 바람처럼 달려 나가, 서럽게 울고 있는 장미에게 유리 덮개를 씌워 주었지만 결국엔 양손으로 귀를 막을 수밖에 없었습니다.

왜 그리 굼뜨냐는 둥!

애정이 식었다는 둥!

투덜대는 장미의 잔소리에 말이지요.

이래저래 어린 왕자는 피곤했습니다. 아저씨가 내 준 커피 공부도 해야 했고 양도 돌보아야 했으며 장미의 기분도 맞춰야 했지요. 이 별은 너무 작아서 이럴 땐 장미로부터 숨을 곳도 없었습니다.

에고….

어린 왕자는 터덜터덜, 뿌연 안개를 헤치며 조그마한 불을 뿜고 있는 자신의 소담한 화산 앞에 쪼그리고 앉습니다. 그의 기분을 아는 듯, 오늘따라 화산은 더욱 진한 초록과 파랑과 노랑의 불꽃들을 춤추듯이 뿜어냅니다. 어린 왕자는 조금은 조용해진 장미를 힐끗거립니다. 그리고는 그림 가방을 뒤져, 커피 한 봉지를 꺼내 커피를 내리기 시작하지요.

역시.

이럴 때 나의 마음을 위로해 주는 건 커피밖에 없어.

소담한 화산 위에 올려놓은 주전자에서 보글보글 거리는 소리가 들려옵니다. 기대 어린 마음으로 커피 한잔을 찻잔에 따르자 곧 화사한 자두의 풍미와 밀크 초콜릿의 달콤함이 풍성하게 느껴집니다. 그 뒤로는 불에 그을린 나무의 스모키 함과 과일의 상큼한 여운이 올라옵니다. 근데 그 상큼한 여운이 왠지 다르게 날카로운 송곳처럼 뾰족하게 느껴지는 건 왜일까요!

응?

이상하네!

보통 아저씨가 만든 커피의 산미는 오렌지 또는 베리 계열의 부드럽고 달콤한 산미였는데!

다시 커피를 입에 머금었을 땐 왠지 모를 으스스한 느낌과 함께 머리까지 쭈뼛거립니다. 당황한 어린 왕자는 그제야 커피의 이름을 확인해 봅니다. 아니나 다를까! 커피의 이름이 '뱀파이어와의 인터뷰'였습니다. 어린 왕자는 갑자기 머리가 지끈거리며 아파 옵니다. 뱀파이어와의 인터뷰라니! 어떻게 커피에 이런 이름이 있을 수 있지!

이 커피는 그동안 마셔 본 '이브닝 벨'이나 '렛 잇고' 와는 또 다른 느낌이었습니다. '이브닝 벨'의 느낌은 아련함과 슬픔이 묻어나며, 산뜻한 과실의 향미와 잘 익은 보리 맛이 느껴지는 커피였습니다. 또한, '렛 잇고'는 진한 다크 초콜릿의 풍미와 체리의 화사함 그리고 단단하지만 부드러운 촉감이 느껴지는 커피였지요.

근데 이 뱀파이어와의 인터뷰는 이 커피들과는 또 다른 묘한 긴장감이 흐르는 커피였습니다. 거기에다 이 작은 별에 불어온 자욱한 안개도 한몫을 했지요.

아!

정말.

아저씨는 어떻게 이런 커피를 만들 생각을 했을까?

이 지구별 아저씨는 정말 신기한 사람이었습니다.

그때, 한쪽 편에서 장미의 훌쩍거리는 소리가 들립니다. 이렇게 이상하고 무서운 날씨에 자기만 혼자 둔다며, 분명 다른 장미가 생긴 게 맞다며, 장미의 울먹이는 소리에 어린 왕자는 고개가 젖히도록 장미를 향해 달려갑니다. 장미가 품고 있는 작은 불씨가 불꽃이 되기 전에 말이지요.

하얀 테이블 위에 올려놓은 황동색 촛대의 빛 일렁임이 조용히 안개를 몰아내자 어린 왕자와 장미는 장난스럽게 혀를 조금 내밀고는 멋쩍게 웃습니다.

이렇게 같이 있으니 하나도 안 무섭잖아요.

어린 왕자 역시 긴장이 풀렸는지 눈웃음을 짓습니다. 근데 아마도 이 안개는 커피와도 관련이 있는 것 같아요.

제가 지금 들고 있는 커피의 이름이 뱀파이어와의 인터뷰거든요!

장미가 고개를 갸웃거리며 묻습니다.

그게 뭔데요?

오래전부터 전설로만 내려오는 이 어둠의 존재에 대해선, 어린 왕자 역시 잘 알지는 못했습니다. 역사적인 관점에선 루마니아의 '블라드 체페슈 드라큘라 백작'의 존재는 학계에서도 인정하지만, 이 인물이 흡혈을 했다거나 또는 동류의 다른 뱀파이어들이 존재했다는 건 아직 밝혀지지 않았지요. 지구별에 내려오는 여러 전설 중에서도 한때, 인간들을 공포에 떨게 했던 이 존재에 대해선 설명하기가 어려운지 어린 왕자는 머리를 긁적입니다.

하지만, 분명 아저씨의 책 속엔 이와 관련된 이야기가 있을 거예요!

그렇게 책을 펼치자 스멀스멀 안개처럼 흘러나오는 그들의 이야기는 어린 왕자와 장미를 또 다른 커피의 세계로 안내하고 있었습니다.

꼬마 친구의 당혹스러운 모습이 멀리 떨어진 이 지구별에서도 느껴지는구나.

마음 여린 장미도 많이 놀랐을 테니 잘 달래 주렴.

그의 세심한 당부에 장미의 볼이 빨개집니다.

이 블랜딩 커피의 시작은 어느 날 카페에 찾아온 멋진 신사 분과의 대화에서 시작되었단다.

그분은 카페의 오래된 단골손님이었지!
그런데 어느 날 나에게 이렇게 묻더구나.

내가 자네를 봐 온 지가 꽤 오래전인데, 자네는 하나도 변하지를 않는군!

하지만 자네도 알다시피, 난 하루하루가 다르다네.

내 삶의 종착역이 점점 가까워지는 느낌이야.

근데 자네는 어떻게 시간이 지나도 그 모습 그대로인가!

마치 자네에겐 시간이 비켜 가는 것 같아.

무슨 비법이라도 있는 건가?

만약에 그런 비법이 있다면 나에게도 좀 알려 주시게나?

허허허.

나를 향한 노신사의 물음은 그동안은 전혀 생각하지 못한 삶의 끝에 대하여 생각하는 계기를 주었단다.

시간이 흐른 후 나 역시, 그처럼 석양을 바라보며 같은 생각을 하게 될까?

그래 언젠가는 그러겠지.

그러나 만약 우리에게 영원한 젊음과 삶이 주어진다면 우리는 과연 어떤 모습으로 살게 될까!

어쨌든, 답변을 기다리고 있는 저 노신사께 아저씨는 무언가라도 답을 해 드려야 했단다.

하지만 아저씨는 그분께 그만 엉뚱한 대답을 해 버리고 말았지.

전 목이 말라도 물 대신 커피만 마시고 세수도 커피로만 한답니다,라는 장난스러운 답변을 해 버렸단다.

지금 생각해 봐도 그때 왜 그랬는지 모르겠구나.

하지만 이 엉뚱한 대답에 노신사는 한참을 크게 웃으시더니.

자네.

그럼 젊어지는 커피 좀 만들어 봐!

같이 좀 젊어지세나.

하하하.

노신사의 노련한 응수에 아저씨는 결국 본의 아니게 젊어지는 커피를 만들어야만 했단다.

그러나 아저씨가 연금술사도 아니고 어떻게 젊어지는 커피를 만들 수 있겠니!

다만, 커피의 화학성분 중에 폴리페놀 성분 같은 항산화물질은 노화를 더디게 하고 면역력을 높여주긴 하지만, 그것만으로는 우리가 원하는 만큼 젊어지진 못한단다.

물론, 훌륭한 로스팅 기법으로 원두의 화학성분을 최대로 증폭시킨다면 더욱 효과가 있을 거란 생각은 하지만 말이다.

어쨌든, 원두의 절정지점에서 화학성분이 잘 제어된 커피일수록 사람의 몸에 이로운 물질을 더욱 많이 포함하고 있다는 뜻이지.

결국 이제 아저씨에게 남은 건 블랜딩에 필요한 감성과 영적인 재료였단다.

영원한 젊음 또는 죽음이라는 이 명제 앞에서 초연한 사람이 과연 세상에 몇이나 있을까!

꿈과 환상 그리고 우리 마음에 영원히 존재하는 우리 꼬마 친구를 제외하곤 말이지.

나 역시 이 문제 앞에서는 자유롭지 못하단다.

만약에 어떤 신적인 존재가 인간들에게 이 둘 중에 하나의 선택권을 준다면, 우리 대부분은 분명 그 결말이 어떻든 영원한 젊음을 택하지 않을까?

아마도 그런 욕망은 모든 인간들의 자연스러운 현상일 거야.

그렇게 블랜딩에 대한 감성을 얻기 위해 고민하던 중에 1976년 작가 앤 라이스가 발표한 소설을 영화로 만든 〈뱀파이어와의 인터뷰〉는 나에게 아주 좋은 영감을 주었단다.

이 영화는 어둠을 배경으로 한 초자연적인 존재들의 모습뿐 아니라 그들이 겪는 내면의 갈등과 삶의 근본적인 문제를 철학적이고 인간적으로 표현하였지.

영상이 흐를 때마다 그들은 나에게 끊임없는 질문을 던졌단다.

영원한 젊음….

얻고 싶니 그것이 지옥처럼 느껴져도?

넌 우선 빛나는 아침을 맞이할 수 없어.

또한, 사랑했던 모든 것들과 이별을 해야 해, 그들의 안전을 위해서.

그리고 넌 밤마다 누구의 피를 빨아야 할지 고민하며 어두운 도시를 배회하겠지.

마주치는 상대가 너와 단 한 번의 일면식도 없는 사람이길 간절히 바라면서 말이야.

만약 너의 내면에 남아 있는 인간성이 완벽하게 말살된다면 몰라도, 그렇지 않다면 넌 영원히 지속되는 세상 속에서 너만의 지옥의 길을 걷게 될 거야.

글을 읽는 동안 작은 별 주변으로 서서히 검은 먹구름이 밀려오기 시작합니다. 꼴깍 침을 삼키며 그 현상을 지켜보고 있던 어린 왕자와 장미는 몰려오는 어둠 속에 서로를 꼭 껴안은 채, 아저씨가 들려주는 그들의 이야기에 깊이 빠져들고 맙니다.

샌프란시스코의 어두운 밤 어딘지 모를 한 빌딩의 방안에 두 남자가 마주 앉아 있습니다. 그 방에는 다니엘이라는 라디오 방송작가와 자칭 200여 년을 넘게 살았다는 루이라는 뱀파이어와의 인터뷰가 시작되고 있었습니다. 다니엘은 처음엔 이 남자의 말을 믿을 수가 없었습니다.

200년을 넘게 존재했다니!

거기에다 뱀파이어라고?

다니엘은 헛웃음이 나왔지만 직업에 대한 의무감과 호기심 때문에 이 자리에 나왔을 뿐이었습니다. 그러나 그런 가벼운 마음은 사내를 만나는 순간 모두 사라지고 다니엘은 평상시와 다른 묘한 긴장감을 느끼기 시작합니다. 마치 최상위 포식자를 처음 마주한 인간의 감정처럼 알 수 없는 공포와 이상한 이질감을 말이지요.

다니엘이 한쪽 구석 의자에 앉아 무슨 생각을 하든지, 창백한 얼굴의 루이는 독백하듯 천천히 자신의 이야기를 시작합니다.

어쩌면 그는 오랜 삶과 외로움에 지쳐 대화를 나눌 대상이 간절하게 필요했을지도 모르겠습니다. 그리고 점점 역사가 되어 가는 자신의 삶을 기록으로 남기고 싶었을지도, 그것도 아니라면 영원한 삶에서 오는 외로움과 공허함을 인간들에게 경고하고 싶었는지도 모릅니다.

자신이 사랑했던 모든 것들이 시간에 의해 사라져 가고 자신만이 멈춰 버린 시간 속에서 오래도록 혼자 살아 왔던 루이의 삶은 정말 지옥이었을지도 모릅니다. 그렇게 얼떨결에 열심히 받아 적던 다니엘과 인터뷰를 끝낸 루이는 마지막으로 다니엘에게 경고하듯이 말하며 떠납니다.

가서 인간들에게 전해!
순간의 삶에 충실하라고.
영원한 삶은 결국 공허함뿐이니!

그날 다니엘과의 인터뷰를 마친 루이는 언제나 그렇듯 챙 모자를 깊이 눌러 쓴 채, 어두운 도시를 밝히는 가로등 사이를 뚜벅뚜벅 걸어갑니다. 그렇게 얼마나 걸었을까!

그는 한적한 샌프란시스코의 주택가에 있는 집들 중 아름다운 장미꽃으로 돌담을 두른 이층집 앞에서 걸음을 멈춥니다. 그는 잠시 동안 빨간 삼각형 지붕 아래 작은 창문 사이로 새어 나오는 빛을 뚫어지게 바라봅니다.

아!

클라 우 디아!

아주 오래전 그가 그토록 사랑하고 아끼던 소녀 클라 우 디아.

그는 이미 익숙한 듯 반쯤 열린 창문으로 날아올라, 소리 없이 방으로 걸음을 옮깁니다. 그곳엔 하얀 테이블 위에 일렁이는 촛불이 켜져 있었고, 식탁 위엔 딸기로 장식한 먹음직스러운 크림 케이크와 쿠키 그리고 한 잔의 커피가 놓여 있었습니다. 그는 자신에게 가냘픈 등을 보이며 새초롬하게 앉아 있는 소녀에게 멋쩍게 웃으며 인사를 합니다.

안녕!

폴리나.

오늘은 내가 너무 늦었구나.

그러자 뾰로통한 목소리의 금발 소녀가 돌아섭니다.

아저씨!

오늘 제 생일인 거 잊으셨죠.

흥!

내가 그렇게 몇 번이나 말했는데….

아저씨 올 때까지 생일 파티도 하지 않고 기다렸단 말이에요!

소녀의 눈이 반달 모양으로 작아지며 그를 나무랍니다.

루이는 미안한 듯, 소녀의 앞에 무릎을 꿇고는 소녀의 이마에 키스를 합니다.

미안!

잠깐 만날 사람이 있어서.

많이 기다렸니?

그럼요.

흥!

루이는 토라져 버린 소녀의 작은 손을 조용히 잡으며 말합니다.

'폴리나' 화를 풀렴.

아저씨가 너에게 줄 선물을 준비했단다.

루이는 자신의 주머니에서 붉은 루비로 장식한 아름다운 반지를 꺼내며 말합니다.

이 반지는 나에겐 아주 소중한 거란다.

아저씨가 수백 년 동안 간직한 오래된 물건이지.

루이는 반지를 소녀의 약지 손가락에 끼우며 밝게 웃습니다.

너무나 잘 어울리는구나!

폴리나….

아주 오래전, 스스로 인간들을 사냥할 수 없는 어린 소녀라는 이유로 잔인한 동족들에 의해 빛과 함께 한 줌 흑으로 떠나 버린 소녀 클라 우 디아! 재로 변해 먼지처럼 사라져 가던 클라 우 디아가 마지막으로 유일하게 남긴 루비 반지!

소녀는 먼지와 함께 루이의 곁을 떠났고 그는 그 반지를 간직하며 항상 그녀를 그리워했습니다. 그렇게 그의 마음에 수백 년 간의 공허함이 쌓이던 어느 날, 우연히 그는 달빛이 반쯤 걸린 빨간 이층집 창문 앞에서 흐느끼는 슬픈 소리와 함께 땅으로 떨어지는 한 어린 소녀를 얼떨결에 구하게 됩니다. 그러고는 자신을 왜 구했느냐는 듯한, 소녀의 원망 어린 모습을 보며 루이는 자신의 눈을 의심하지요.

아!

클라 우 디아….

그녀와 너무나 닮은 '폴리나'라는 이름의 소녀.

소녀는 몇 년 전부터 이름 모를 병으로 두 다리를 움직이지 못하고 있었습니다.

결국 절망과 슬픔에 빠진 소녀는 견디다 못해 스스로 창문에서 뛰어내려 삶을 마감하려 했던 것이지요.

그날 이후 어두운 밤이 오면 창문 앞에 앉아 밤하늘의 별을 구경하는 소녀를 매일매일 훔쳐보던 루이에게 어느 날 소녀는 갑자기 푸념하듯이 말합니다.

흥!

그렇게 숨어 있다고 내가 모를 줄 아는 바보 멍텅구리 아저씨!

이젠 그만 훔쳐보고 좀 나와 보실래요?

당신이 인간이 아니라는 건, 절 구할 때부터 이미 알고 있었다고요.

대체! 하늘을 붕붕 날아다니는 사람이 간은 콩알만 해가지고는….

에휴.

소녀의 당돌한 말에 한쪽 돌담 사이에 숨어 있던 루이의 이마에 식은땀이 흐릅니다.

아.

이런!

알고 있었나.

루이는 순간 갈등합니다.

이대로 모른 척할까.

아니면 소녀의 말대로 해야 하나.

하지만 쉬지 않고 투덜대는 소녀의 잔소리에 루이는 결국, 헛기침을 하며 모습을 드러내고 맙니다.

험험!

내가 일부러 훔쳐보려는 건 아니었고, 내가 예전에 알던 소녀와 네가 너무 닮아서 그랬던 거야!

루이의 어설픈 변명에 폴리나는 웃으며 말합니다.

이렇게 밝은 데서 보니, 아저씨 정말 잘생겼다!

아저씨!

저번처럼 날아서 방으로 들어와요.

부모님들이 주무시고 계시니 조용히요.

알았죠!

소녀의 갑작스러운 초대에 잠시, 우물쭈물하던 루이는 결국 소녀의 방으로 들어갑니다. 소녀의 말대로 붕 날아서 말이지요.

그렇게 몇 년 동안 루이와 폴리나는 우정을 나누었습니다. 촛불 앞에 일렁이는 두 사람의 그림자가 참 정겨워 보입니다. 폴리나는 자신의 손가락에서 영롱하게 빛나는 루비 반지를 보며 루이에게 말합니다.

이 반지!

너무 아름다워요.

하지만 반지의 눈빛이 왠지 슬퍼 보이네요.

마치 아저씨의 눈빛처럼….

루이의 얼굴에 잠시 어두운 그림자가 스쳤지만, 그 모습을 보지 못한 듯 소녀는 말을 이어 갑니다.

감사해요.

이렇게 아름다운 선물을 저에게 주셔서.

아저씨가 절 처음 구할 때, 놀란 표정으로 부르던 그녀가 이 반지의 옛 주인이었겠네요.

제가 그 소녀와 그렇게 많이 닮았나요?

루이는 소녀의 질문에 미소를 지으며 말합니다.

폴리나 처음엔 널 보며, 클라 우 디아를 떠올린 건 사실이었단다.

하지만 지금 아저씨는 예전 그녀만큼이나, 널 아끼고 사랑한단다.

소녀가 투정 부리듯 말합니다.

저는 이렇게 휠체어에서 한평생을 보내겠지요.

가끔 그런 생각이 들 때마다 전 너무 두려워요.

… 저는 정말 아저씨처럼 되면 안 되나요?

폴리나는 루이를 간절한 눈빛으로 바라봅니다.

얼마 전부터 소녀는 루이에게 계속 부탁을 하고 있었습니다. 자신도 영원한 생명을 얻어 루이와 평생 함께하고 싶다고 말입니다. 하지만 루이는 소녀의 부탁을 들어줄 수 없었습니다.

자신이 불멸의 삶을 살지만, 그 불멸의 삶이 사실은 고통과 외로움이라는 걸…. 오히려 언제든 빛에 의해 먼지처럼 사라질 수 있다는 걸…. 영원히 어둠 속에 숨어 살아야 하는 그런 고통을 사랑하는 폴리나에게 줄 수는 없었습니다.

사실 루이는 오늘 소녀에게 작별 인사를 하러 왔습니다. 더 이상 폴리나를 마주한다면 자신도 모르게 그녀의 부탁을 들어줄지도 모른다는 두려움 때문에….

폴리나!

난 이제 잠시 너의 곁을 떠나려 한단다.

하지만 일 년에 한 번, 너의 생일 때만큼은 그 어느 곳이던 널 꼭 잊지 않고 찾아올게.

……….

잠시, 두 사람 사이에 어색한 침묵이 흐릅니다. 소녀는 루이의 마음을 알고 있었습니다. 그가 왜 떠나려 하는지! 소녀의 눈물과 함께 달그락거리는 찻잔 소리만이 두 사람의 빈 공간을 매웁니다. 방 안에 흐르는 애잔함 속에서 두 사람의 잔에 담긴 커피도 조금씩 바닥을 보입니다.

이 커피 한 잔을 다 마실 때쯤엔, 아저씨는 언제나 그랬듯이 떠나겠지요!

조금 후엔 새벽이 지나고 태양이 뜰 테니.

기다림이란 너무 힘든 일이에요.

하지만 꾹 참고 언제나 그렇게 기다릴게요.

태양이 뜨지 않는 흐린 날에도….

달빛이 구름에 가리는 어두운 밤에도….

새벽에 반짝이는 별이 힘을 잃어갈 때도….

언제나 이 자리에 앉아 그렇게 기다릴게요.

10년, 20년, 30년이 흘러도….

그리고 영원히.

세상엔 대가 없는 아름다움이나 행복은 존재하지 않는다는 걸 사람들은 가끔 잊고 산단다.

닭 쫓는 걸 좋아하던 너의 사막 여우가 그랬듯이, 이 세상에 완벽한 곳이란 결국 없는 것 같구나!

비록 영원한 삶과 젊음을 주지는 못하지만, 이 블랜딩 커피는 루이와 폴리나의 우정과 이별 속에서 태어났단다.

어둡지만 앤틱한 방 안의 분위기는 다크 하면서도 부드러운 초콜릿과 상큼한 과일의 풍미로….

루이의 창백하고 정갈한 귀족적인 모습은 중후하지만 지나치지 않는 바디감으로….

폴리나를 생각하는 루이의 지극한 마음은 지워지지 않는 커피의 여운으로.

아마 너의 작은 소행성에 밀려온 자욱한 안개는 우연이 아닐 거야!

이 세상엔 우연을 가장한 필연들이 너무나 많거든.

네가 느꼈던 스멀거리며 올라오던 뾰족한 산미 역시, 루이의 미소에서 언뜻언뜻 비추어지던 날카로운 송곳니를 표현한 거란다.

그럼 이제 이 커피도 한번 만들어 보겠니?

에고….

어린 왕자의 고개가 힘없이 땅으로 떨구어집니다.

흑기사

제가 당신을 지켜 줄게요

Blending Note/ 자바, 라파스토라, 수프리모 디카프, 니콰라과SHG
겨울 달빛 당신의 마음이 서늘해질 때
마음 둘 곳 없어 헤매던 나를 굳세게 옭아매어 줄 누군가를 기다릴 때
그리고 그를 지키고 싶을 때

어린 왕자와 장미가 오손도손 살고 있는 작은 별에 짙은 안개가 걷히고, 어느 때처럼 평화로운 일상이 시작되었습니다. 장미는 네 개의 작은 가시를 꼼꼼하게 손질하다 말고 한쪽 구석에서 끙끙거리고 있는 어린 왕자의 뒷모습을 안쓰럽게 바라봅니다.

이 별에는 어린 왕자님과 저 이렇게, 단 둘밖에 없어요.

저기서 두리번거리며 침을 흘리고 있는 하얀 털 뭉치 양은 땅속에 묻힌 바오밥나무의 새싹에만 관심을 가지고 있을 뿐이죠.

결국엔 이 작은 별에서 의지할 건 우리 둘밖에 없답니다.

전 아직 어려서 작은 가시 네 개밖에 없지만.
언젠가는 큰 가시 덩굴을 만들 수 있을 거예요.
그때가 되면 그 큰 가시덩굴로 어린 왕자님을 지켜 줄게요.
그때까지만 기다려 주세요.
제가 빨리 자라서 당신을 보호할 수 있을 때까지.
장미의 마음 끝에는 언제나 어린 왕자뿐이었습니다.

어느새 머리 위로 수십 번의 태양이 지나가며 이 작은 별을 붉게 물들입니다. 어린 왕자는 이마의 땀을 닦으며 김이 모락모락

나는 커피 한 잔을 들고 장미에게 다가옵니다.

이번엔 잘되었나요?

어린 왕자는 머리를 긁적이며 말합니다.

네.

조금은 성취가 있는 것 같아요.

아저씨의 말이 맞았어요!

커피도 결국엔 자연의 산물이며 모든 것이 흙에서 태어나 흙으로 돌아가듯, 그곳에서 태어난 커피 역시 자연의 모든 원형질을 유지하고 있다는 사실을요.

아!

그게 무슨 말이에요. 어린 왕자님?

세상에 존재하는 모든 커피에는 각각의 독특한 개성이 있다고 알려져 있어요.

나라와 지역과 농장마다 그리고 커피나무의 종마다 다양한 특성이 있다고 말이지요.

그 특성에 따라 로스팅을 해야만 좋은 결과가 나올 수 있다고 사람들은 믿어요.

물론, 맞는 말이긴 하지만 문제는 그 로스팅 포인팅의 절정 지점이 과연 어디에 있느냐는 거지요.

지구별 아저씨는 먼저 그 지점과 원두의 해석에 따라 커피의 모습에 다양한 변수가 존재한다고 이야기해요.

즉, 원두가 가진 풍미의 절정 지점을 정확히 찾아서 로스팅을 한다면, 우리가 평소에 느끼기 힘든 굉장히 큰 스펙트럼을 가진 커피를 맛볼 수 있다는 거지요.

그리고 중요한 건, 각 커피나무의 종마다 조금의 차이는 있겠지만 많고 적음의 차이일 뿐, 결국엔 모든 커피나무에서 나오는 열매들에겐 자연의 모든 특성들이 포괄적으로 분포되어 있다는 거예요.

그 말은 훌륭한 커피를 만들려면 무엇보다 로스팅의 절정 시점과 각 원두의 화학적 경계선에 따라 발현되는 향미의 생성 순서를 꼭 알아야만 한다는 거지요.

즉 가벼운 향미 분자인 꽃향기부터 딸기나 포도 같은 베리 계열, 그리고 열대과일이나 자두, 오렌지, 라임, 레몬 등이, 순서대로 형성되고 때론 원두의 개성에 따라 향미 성분의 층이 얇을 땐 비슷한 성분들이 그룹별로 뭉쳐지며, 원두에서 무거운 분자의 향미가 생성되면 가벼운 향미 분자들은 약해지거나 또는 사라지고 나무 그을린 듯한, 무거운 맛과 향미만이 남는다고 해요. 물론 각 원두의 향미분포도와 질량이 다르기에 편차는 있을 수 있지만 이런 성분들은 모든 성분 중에 가장 무겁고 진해서 이것에 익숙해져 버리면 정작 큰 스팩트럼을 가진 훌륭한 풍미의 커피는 구별하기가 어려워진다고 하네요.

자연의 에너지가 쇠락할 땐 모두가 흑으로 돌아가듯 아무리 훌륭한 원두라도 에너지가 다한 커피의 마지막 맛은 비슷하다고 하세요. 특히 커피의 에너지 층이 얇을수록 그런 진행은 더욱 빨라진다고 하네요.

아저씬 이런 사실들을 알고 있기에 대충 만들어진 커피에 익숙해진 사람들을 볼 때면 마음이 아파진대요. 그 결과의 끝은 진정한 장인들은 사라지고 이익에 밝은 상인들만이 살아남기 때문이죠.

어린 왕자는 자신이 깨달은 것을 장미에게 정말 열심히 설명합니다. 그러나 장미는 정작 커피에 대한 설명보다는 그의 태도에서 나오는 진지함과 열정이 너무나 멋있어 보였습니다. 장미는 흐뭇한 미소를 지으며 어린 왕자의 설명에 계속 고개를 끄덕이며 맞장구를 쳐 줍니다.

그래서요!

그 다음은요?

어린 왕자는 칭찬받은 아이처럼 신이 나서 이야기를 이어 갑니다.

커피의 블랜딩에 대한 아저씨의 견해는 커피에 녹아 있는 향미 분자의 함유량도 중요하지만, 특정 향미 성분의 증폭과 다른 향미 분자의 혼합 양에 따라 커피의 맛과 향이 확연히 달라진다는 것에 있어요.

아저씨가 만든 그 이론을 적용하면 우리가 생각지 못한 새로운 커피를 얼마든지 만들 수 있다고 말이지요.

커피의 향과 맛을 조정하고 새롭게 창조할 수 있는 것, 바로 이게 진정한 블랜딩의 매력이라네요.

아저씨는 커피 향미의 지속성에 대해서도 독특한 철학을 가지고 있는 것 같아요.

아저씨는 이 지구별에 존재하는 모든 인간들 그리고 모든 사물들엔 그 어떤 형태든지 특유의 에너지와 파동이 있다고 생각하세요.

그렇기에 한 번 분자에 의해 세포 구조물이 형성되면 그것을 지키고 보호하려는 에너지가 내부에 작용하고 그것은 외부의 강한 힘에 의해 파괴될 때에만 새롭게 재창조될 수 있다고 생각하세요.

특히 커피의 풍미를 구성하는 분자 조직이 어떤 구조물을 가지고 있느냐에 따라 향미의 지속력과 질이 결정된대요.

원두의 성분을 최대한 증폭 또는 활성화시키면 커피의 조직 구조가 잘 짜인 거미줄처럼 탄력 있고 세밀해져, 마치 혈기왕성한 20대의 청년처럼 커피가 차갑게 식어도 원형의 맛이 흐트러지지 않고 오랜 시간을 견딘다는 거죠.

아저씬 이런 이론을 바탕으로 이미 실체에 근접하셨나 봐요!

특히, 블랜딩을 할 땐 몇 가지의 원두만 가지고도 거의 무한대에 가까운 향과 맛을 만들 수 있다고 해요.

즉 1 + 1 + 1 = 3 아니라 무한이라는 것이지요.

근데 이 이론은 아직 저에겐 너무 어려운 거 같아요!

아마도 더 많은 공부를 해야 하겠지요?

머리를 긁적이는 어린 왕자의 어렵고 긴 설명에 장미는 흐뭇하기도 한편으론 놀랍기도 합니다.

지구별 아저씨도 대단하지만, 그것을 이해하고 실천하고 있는 어린 왕자도 참 대견스럽다고 말이지요. 어쩌면 그는 이런 어린 왕자의 재능을 이미 알고 있었는지도 몰라요. 그래서 이렇게 자신의 모든 것을 아낌없이 주고 있는지도 모릅니다.

그래도 아저씨 따라가려면 아직 멀었으니 방심하면 안 돼요.

자만은 금물인 거 아시죠?

그럼요!

어린 왕자와 장미의 입가에 미소가 떠오릅니다.

또 한 번의 해가 넘어가며 붉은 노을을 땅에 흩뿌립니다. 가느다란 손이 책을 한 장 넘기자 또 다른 이야기들이 먹물처럼 번지며 백지 위에 아름다운 수를 놓습니다.

이번엔 또 어떤 이야기가 있을까!

이 시간이 오면 어린 왕자와 장미는 너무나 즐겁고 행복했습니다.

눈빛을 반짝이며 궁금해 하는 어린 왕자의 눈에 '흑기사'라는 이야기가 보입니다.

흑기사라!

이건 지구별의 중세시대에나 나오는 단어인데….

참!

아저씬 정말 신기한 사람이야.

안녕!

아저씨가 이 지구별에서 살면서 깨달은 것 중에 하나는 소중한 사람에겐 마음을 절대로 미루지 말라는 거란다.

그 이유는 내가 받은 사랑과 애정에 대한 보답을 하려 할 땐, 이미 그들은 내 곁을 멀리 떠나 버리고 없더구나.

이 세상에 영원한 것은 없잖니!

부모님도 사랑하는 사람도 그리고 그들과 나눈 아름다운 시간들도….

그래서 언젠가는 떠나갈, 그들을 위해 난 이 흑기사를 만들게 되었단다.

지구별 아저씨의 슬픈 목소리가 이 작은 별에서도 느껴지는 듯합니다.

그는 이미 아주 오래전 그 빈자리의 아픔과 고통을 겪었기에 어쩌면 이 커피는 그가 오래전 떠난 이들에게 주는 마지막 선물일지도 모릅니다.

어린 왕자와 장미는 하얀 탁자에 놓인 커피가 차갑게 식어 가는 줄도 모른 채, 마른침을 삼키며 아저씨의 이야기에 깊이 빠져

듭니다.

"딱!"

아야~

이 녀석아 방구석에서 책만 보지 말고 나가서 '달'이라도 구경하고 와!

아버지는 어린 아들의 머리에 꿀밤을 주며 방에서 밀어냅니다. 거나하게 취한 아버지는 무슨 언짢은 일이 있었는지, 투덜대며 방문을 열고 나가는 어린 아들을 보며 씁쓸하게 웃습니다. 그리고는 곧 눈시울을 붉힙니다.

마당에 나온 아들은 밤하늘을 바라봅니다. '후드드득' 이마에 빗방울이 세차게 떨어집니다.

도대체 이런 비 오는 날에 달이 어디 떠 있다고….

술만 드시면 저러니 에고 내 팔자야!

그날 이후 오랜 시간이 흐른 후, 세상에 나온 어린 아들은 나이가 들어서야 왜 아버지가 '달'이 보이지 않는 흐린 날에도 자신을 타박하며 '달'을 찾으라며 내쫓았는지를 깨닫게 됩니다.

무엇이었을까요? 형편이 어려운 집에서 태어난 아들을 볼 때마다 아버지는 가슴이 답답합니다. 어린 아들은 재능과 인내 그와 함께 고결한 기품도 갖추고 있었습니다. 하지만 아들의 재능을 키워 주고 보살펴 주기엔, 자신의 능력도 부족했고 무엇보다 이 세상은 너무 차갑고 냉혹했지요.

아버진 이미 자신의 삶을 통해 아들의 삶이 얼마나 가시밭길일지를 예감하고 있었던 것입니다. 자신 역시 꿈을 이루기 위해 노력하였지만! 이미 이 세상엔 출발점이 다른 이들이 너무나 많았습니다. 그들을 넘어서기엔 이 세상의 시간은 너무나 짧았지요.

그리고 이런 세상을 변화시킬 뜻있는 소수의 사람들은 어떤 연유인지 모두 세상을 일찍 떠나갔습니다. 현실이 이러했지만, 아버진 어린 아들에게 이런 사실을 차마 말할 수가 없었습니다. 그 대신 아버지는 날씨가 흐리고 비가 오는 날마다 공부만하는 아들을 방에서 쫓아냅니다. 그리곤 보이지도 않는 '달'을 찾으라며 잔소리를 하지요. 그런 아버지의 깊은 마음 끝에는 아들에 대한 걱정뿐이었습니다.

아들아!
구름 때문에 또는 바람과 비 때문에 '달'이 보이지 않지!
하지만 달은 어둠과 구름에 가려 눈에 보이지 않을 뿐.
언제나 그 자리에서 세상을 환하게 비추고 있단다.

눈에 보이지 않는다 하여 꿈을 포기하지 말거라.

네가 가는 길이 가시밭길이어도….

세상이 널 꺾으려 해도….

네가 '달'을 찾는 걸 포기하지 않는다면 언젠가는 바람도 멈추고 구름도 걷힐 것이란다.

'달'은 눈에 잠시 보이지 않을 뿐!

언제나 높은 하늘 위에서 널 환하게 비추고 있기에.

긴 시간이 지나고 이미 자신의 곁을 떠나 버린, 아버지를 그리워하던 아들은 또 다른 아버지가 되어 어린 자녀의 고사리 손을 꼭 잡은 채, 흔들리는 눈망울로 달빛을 바라봅니다.

아저씨의 이야기에 어린 왕자와 장미는 마음에 작은 깨달음이 있었는지 서로를 응시합니다. 장미의 눈엔 이미 물기가 촉촉이 젖어 있었지요.

그의 독백 같은 이야기는 계속 이어집니다.

삶이 고달프고 힘들 때 또는 너무 지치고 외로워 누군가에게 기대고 싶을 때, 아무 말 없이 어깨에 머리를 대어 주는 이가 있

다면…,

삶에 지친 가슴과 어깨를 따뜻이 다독여 주는 사람이 있다면…,

그가 바로 너의 소중한 흑기사란다.

그렇게 그들은 오랜 시간 아무 대가 없이 우리를 지켜 주고 있었는지도 몰라.

어쩌면 그런 것이 진짜 사랑일 수도 있지.

정말 깊은 사랑은 그렇더구나.

숨을 쉬는데 마치 느껴지지 않는 것처럼.

사람은 완벽하지 않기에 서로의 관계 속에서 작은 다툼들도 있을 수 있지만 그로 인해 서로의 진심까지 부정하면 안 된단다.

결국 우리가 헤어짐에 대한 아픔이 더욱 크고 고통스러워지는 이유도 그 마음을 미처 헤아리지 못한 아쉬움 때문이지.

우린 언제나 잊지 말아야 한단다.

그가 얼마나 나에게 소중한 사람이었는지를….

넌 이미 그에 대한 해답을 알고 있는지도 모르겠구나?

아저씨의 물음에 어린 왕자는 머리를 긁적이며 회상합니다.

장미에게 수줍게 자신의 마음을 고백하던 그때를….

소중한 사람에겐 마음의 고백을 미루지 말아야 한단다.

할 수만 있다면 지금 이 순간이라도 마음을 전하렴.

그리고 그가 아직 곁에 있다면 신에게 감사해야 한단다.

그의 따뜻한 사랑과 헌신이 아직도 우리에게 남아 있음을….

흑기사의 대쪽 같은 의지는 직선적이며 농후한 바디감으로….

그의 날카롭고 빛나는 검은 긴 여운이 감도는 포도 계열의 달콤한 산미로….

그의 무겁고 튼튼한 방패는 블랙 슈거의 달콤한 풍미로….

이 블랜딩 커피는 전체적으로 강렬한 풍미와 강한 바디감을 가지고 있지만 여릿함도 느껴지는 반전이 있는 커피란다.

흑기사의 마음도 알고 보면 아주 부드럽고 여리기 때문이지.

바로 너의 장미처럼.

헬레네

세상에서 가장 아름다운 여인

Blending Note/ 브라질 옐로우 버번, 예가체프G1, 몬순 말라바, 카피 로얄
따스한 햇빛이 당신의 마음을 풍선처럼 부풀릴 때
가느다란 손 사이사이로 머릿결을 넘길 때 그리고 그가 도착하기 10분 전

거울아?

거울아?

이 세상에서 누가 젤 예쁘니?

거울 요정이 바짝 긴장한 채 대답합니다.

네, 넷!

이 작은 별에 사시는 장미님이요!

장미는 마법 거울의 대답이 만족스럽다는 듯, 자신의 아름다운 미모 앞에 경외하며 무릎 꿇고 있는 어린 왕자를 흘겨봅니다.

흥!

들었지 어린 왕자.

나의 미모가 이 정도야!

그러니 앞으로는 더더욱 내가 이곳에 거주하는 걸, 영광으로 생각하고 잘 모시라고.

알았지.

흥!

지금 장미는 침을 흘리며 달콤한 꿈을 꾸고 있습니다. 커피 공부를 하느라 자신에게 조금은 소홀해진 어린 왕자에게 품은 아쉬움을 지금 꿈속에서 달래고 있네요! 사실 그동안 장미는 어린 왕자에게 뭐라고 할 수도 없었지요. 비록 섭섭하기는 했지만, 조금씩 성장해 가는 어린 왕자의 모습 또한 너무 멋졌거든요. 그렇게 장미가 달콤한 꿈에 취해 있을 때였습니다.

후드드득….

갑자기 서늘하고 차가운 물줄기가 장미의 온몸에 뿌려집니다.

앗.

깜짝이야!

놀라서 깬, 장미 앞에 물 조롱을 천연덕스럽게 들고 있는 어린 왕자가 눈을 동그랗게 뜨고 서 있습니다.

지금 뭐하시는 거예요?

아니 전 그냥 잎이 너무 말라 있기에 물 좀 주려고….

어린 왕자가 당황하며 더듬거립니다.

아!

씨.

정말 달콤한 꿈이었는데.

장미는 꿈에서 깨어난 것이 너무 아쉬운 듯, 어린 왕자를 한번 흘겨보고는 뾰로통하게 말합니다.

이제 그만 됐으니.

저리 가셔서 하시던 공부나 마저 하세요!

어린 왕자는 장미의 타박에 터덜터덜 걸어가 소담한 불을 뿜고 있는 자신의 작은 화산 앞에 쪼그리고 앉습니다.

아!

정말.

애꿎은 자신의 머리칼을 쥐어뜯던 어린 왕자는 이내 심신이 지쳤는지, 이 작은 별을 지나 수면으로 가라앉고 있는 꼬리별을 따라 꿈나라로 빠져들고 맙니다. 푸른 바다가 보이는 높은 언덕 위에 노을빛이 비추자 청 녹색 들판에 아름다운 장미들이 하나 둘 피어납니다.

어린 왕자는 편안한 흔들의자에 앉아, 노랑과 빨강으로 하늘을 물들이는 노을을 바라보며 너무나 행복해 합니다.

아!

좋다.

그때 눈꽃처럼 아름다운 하얀 장미가 나타나 어린 왕자의 어깨를 보드랍게 감싸 안습니다.

오늘도 많이 피곤하셨지요.

나의 어린 왕자님!

제가 피로를 풀어 드릴게요.

하얀 장미가 정성스럽게 어린 왕자의 어깨를 토닥입니다.

어린 왕자의 무릎 앞에 놓인 하얀 테이블 위로 조심히 커피를 내려놓는 귀엽고 예쁜 노란 장미가 보입니다. 노란 장미가, 아 잉 ~ 하고 웃으며 말합니다.

왕자님이 좋아하시는 이브닝 벨이에요.

맛있게 드셔요! 하며 애교를 부립니다.

그때 촉촉하고 신비한 보라색 장미가 다가와 살포시 미소 지으며 어린 왕자의 곁에 앉습니다. 보라색 장미는 어린 왕자의 뽀얀 얼굴에 묻은 검댕이를 조심스럽게 닦아 내고는 어린 왕자의 귀에 앙~ 하고 바람을 장난스럽게 불어넣습니다.

아!

이곳이야 말로 천국이야.

어린 왕자는 지금 이 순간이 너무 행복했습니다.

다행히 우리 붉은 장미는 안 보이네!

헤헤헤.

달콤한 잠에서 깨어나 버린 어린 왕자는 아쉽다는 듯이 입맛을 다시며 장미를 힐끔거립니다. 장미는 이젠 습관이 되어 버렸는지 여전히 자신의 가시 네 개를 손질하는 데 여념이 없습니다. 어린 왕자는 장미가 요즘 들어 왜 저렇게 가시에 집착하는지 이유를 알지 못했습니다. 만약에 알았다면 장미의 마음 끝 진심을 알 수 있었을 텐데요.

어린 왕자는 장미 옆에 털썩 앉으며, 책을 펼칩니다. 어쨌든, 공부는 계속해야 했고 혹여 그 과정 중에 아저씨가 이야기한 소울메이트 같은 커피를 만날 수도 있었으니까요.

영혼의 친구라!
언젠가는 만날 수 있겠지.
내 영혼의 일부처럼 몸과 마음을 전율케 하는 커피를….

그날 지구별 아저씨와 함께 보낸 사막의 밤은 어린 왕자의 가슴에 빛나는 별처럼 빼곡히 박혀 있었습니다.
타다닥.
모닥불 타는 소리, 머릿결을 스치는 장난꾸러기 바람의 노랫소리, 자신에게 무릎베개를 해 주며 세상의 보이지 않는 비밀에 대해 이야기하던 아저씨의 나지막한 울림….

그는 어린 왕자에게 간절한 마음으로 무엇인가를 원한다면 그건 반드시 이루어진다고 했습니다. 인간의 초 의식은 대기의 기운인 에테르와 연결되어 있고 그 에테르는 우주와 연결되어 있기에 의식과 마음이 보내는 파동에 이 모든 에너지가 결국 같이 공명한다고 말이지요.

그는 처음 듣는 신기한 이야기에 놀라, 눈을 동그랗게 뜨고 있는 어린 왕자의 머리칼을 부드럽게 만져 주며 말합니다. 우리의 눈에는 보이진 않지만 이 우주와 인간들 사이에 존재하는 빈 공간에는 파장과 진동으로 이루어진 에너지들로 가득 차 있단다.

이 모든 것들은 우주의 일부이기도 그리고 우리의 일부이기도 하지. 그건 우리의 몸 역시 진동과 파장으로 이루어진 에너지의 집합체이며 그것은 우주를 이루고 있는 에너지와 동일하기 때문이야. 그리고 그는 어린 왕자의 황금색 머리칼을 장난스럽게 흩트리며 이야기합니다.

장미를 진정 다시 만나고 싶다면, 마음으로 간절히 원하되 그것이 이루어질 것을 의심하지 말아야 한단다. 긍정적인 에너지가 초의식과 평행을 이루어야만 소망이 이루어지거든.

어린 왕자는 지금도 저 지구별에서 자신의 소망을 이루기 위해 여행을 하고 있을 아저씨가 그리워집니다. 그는 지구별에 있는 사람들 중에서도 소울메이트를 만나는 사람은 극히 드물다고 했습니다. 그러나 언제나 곁에서 삶을 함께 나눌 수 있는 소울메이트 같은 커피는 세상에 존재한다고 했기에 오늘도 어린 왕자는 열심히 공부 중입니다.

난 정말 언제쯤 나만의 커피를 만날 수 있을까!

하지만 그러한 상념도 잠시….

영혼의 밑바닥 아주 깊은 곳에서 들려오는 듯한, 장미의 목소리에 정신을 차립니다.

어린 왕자님!

언제까지 그러고 있으실 거예요.

벌써 몇 시간째 멍하니 책장만 넘기고 있잖아요.

이제 그만 생각하시고 새로운 이야기 좀 찾아보셔요.

얼른요!

아휴 답답해라.

에고. 책장을 넘기는 손이 빨라지기 시작합니다. 순간 간절하게 꿈속의 장미들이 그리워지는 어린 왕자입니다. 곧 어린 왕자의 눈에 "세상에서 가장 아름다운 여인"이라는 글이 빛과 함께 나타납니다.

옳지!

어린 왕자는 장미를 한번 힐끗 쳐다보고는 큰 소리로 읽기 시작합니다. 제발 성숙하고 아름다운 장미가 되어 주세요! 라는 간절한 마음과 함께.

아주 오랜 옛날 세상에서 가장 아름다운 여인이 있었습니다. 그녀는 스파르타의 레다 여왕과 신들의 왕인 제우스 사이에서 태어난 헬레네라는 공주였지요. 그녀는 인간의 범주를 벗어난 너무나 아름답고 매혹적인 여인이었습니다. 그녀의 백옥 같은 피부는 태양처럼 빛났고 그녀의 성품은 구름 위 달빛처럼 고귀하였으며 무지개를 닮은 그녀의 눈빛은 인간의 탐욕을 분별하는 지혜로 가득 차 있었습니다. 세상의 아름답다는 그 어떠한 여인도 헬레네의 미모와 고매함 앞에선 차마 고개를 들 수가 없었지요.

그러나 그녀에게서 뿜어져 나오는 이 신성과도 같은 아름다움에 대한 이유를 사람들은 전혀 알지 못했습니다. 그도 그럴 것이 그녀의 출생에 대한 비밀은 스파르타의 여왕이었던 레다와 헬레네만이 아는 비밀이었기 때문입니다. 만약에 그녀가 제우스신의 딸이라는 사실이 밝혀지면, 온 세상이 그녀를 차지하기 위한 전쟁으로 인해 아비규환으로 변할 수도 있었기 때문입니다.

그때나 지금이나 인간들은 언제나 탐욕으로 가득 차 있었습니다. 헬레네가 여인으로서 행복하기를 바랐던 어머니의 당부로 인해 그녀는 자신이 제우스의 딸이라는 사실을 아무에게도 알리지 않았습니다.

그러나 레다 여왕의 임종 후, 그녀는 점점 불행해졌습니다. 그녀는 그리스 국가들의 전통에 따라 정략결혼을 하여 여왕의 자리에 올랐지만 그녀의 삶은 행복하지 않았습니다. 그녀의 남편은 세상에서 가장 아름다운 헬레네를 차지했다는 영광과 허영심에 가득 차 있었고 그녀를 아끼고 사랑하기보단 그녀를 여러 왕족과 귀족들 앞에 세워 둔 채 다른 여성들과 즐기는 모욕을 안겨주었기 때문입니다.

그렇게 오만과 독선으로 가득 찬 남편 메넬라오스를 바라보는 그녀의 가슴은 너무나 아팠습니다. 비록 정략결혼이긴 했지만 그녀는 남편에게 사랑받기를 원했고 더불어 그가 현명한 왕으로서 스파르타를 훌륭하게 통치해 주길 바랐기 때문입니다.

그러나 그는 그리스 연방의 최강국인 미케네의 왕족이라는 허울에 취한 어리석은 남자일 뿐이었습니다. 안타깝게도 결혼할 당시 헬레네에겐 배우자에 대한 선택권이 전혀 없었습니다. 그녀의 결혼은 각국의 왕들과 귀족들이 모여 제비뽑기 하듯이 결정되었고, 당시에 강국이었던 미케네 왕의 고집으로 인해 그의 동생인 메넬라오스와 결혼을 하게 된 것입니다.

오늘도 변함없이 열리는 시끄러운 파티장에서 조용히 빠져나온 그녀는 고성의 창가에 홀로 외롭게 앉아 어머니가 자신에게 고백한 비밀을 떠올립니다. 그녀는 얼마 전까지만 해도 자신의 아버지가 제우스라는 사실을 상상도 하지 못했습니다.

사실 여왕 레다는 이 비밀을 무덤 속까지 가져가려 했지만, 강국들에 둘러싸여 있는 스파르타에 홀로 남겨질 딸을 생각하니 너무나 가슴이 아팠습니다. 그런 연유로 세상을 떠나기 전, 마지막으로 그녀의 출생에 대한 진실을 말해 주었던 것입니다.

헬레네는 태어나서 한 번도 아버지를 본 적이 없었습니다.

신들의 왕 제우스.

그분이 정말 나의 아버지라면 왜 날 한 번도 만나러 오지 않는 걸까!

그분은 딸인 날 사랑하지 않는 걸까?

아니 어쩌면 그분은 나의 존재조차 잊고 계실지도 모르겠구나.

그분은 아마도 나 같은 인간의 피가 섞인 딸에겐 관심이 전혀 없을지도….

에게 해에 떨어지는 긴 꼬리별을 바라보는 그녀의 눈동자에 아버지에 대한 그리움이 차오릅니다. 그러나 제우스는 그녀가 생각하는 것처럼, 자신의 딸을 잊고 있던 것이 아니었습니다. 다만 레다 여왕의 간곡한 요청으로 인해, 딸아이의 행복과 비밀을 지켜 주기 위해 그녀에게 나타나지 않은 것이었지요.

제우스는 헬레네의 행복을 빌었고 자신의 딸이라는 이유로 인간들에게 탐욕의 대상이 되지 않기를 바라고 있었습니다. 자기 나름대로 딸을 사랑하던 제우스는 아주 오래전부터 밤이 되면 그녀가 잠든 사이 몰래 찾아와 조용히 그녀의 이마에 입맞춤을 하며 축복하였지요.

그는 태양이 떠 있는 환한 낮에도, 어떨 땐 지나가는 따뜻한 바람으로 또 어느 땐 나뭇가지에 앉은 작은 새로 나타나 아름답게 자라는 그녀를 보며 기뻐했습니다. 시간이 지날수록 그녀는 미의 여신인 아프로디테에 필적할 만큼 아름답게 자라고 있었습니다. 간혹 신들이 모여 있는 올림포스 신전에선 이 세상에서 누구 제일 아름다운지에 대한 내기가 열렸습니다. 제우스는 그때마다 언제나 수위에 꼽히는 자신의 딸인 헬레네를 흐뭇해하며 그녀가 진심으로 행복하기를 원했지요.

그러나 요즘 제우스의 심기가 매우 불편합니다. 얼마 전에 맞은편 고성에서 몰래 헬레네를 지켜보던 중 흘러내리는 그녀의 눈물을 보았기 때문입니다. 그 후 제우스는 그녀의 남편인 메넬라오스를 매의 눈으로 지켜보고 있었습니다.

감히!

내 딸의 눈에서 눈물을 흘리게 하다니!

이를 부득부득 갈며 메넬라오스를 지켜보던 제우스는 결국 자신의 딸을 대하는 그의 말도 안 되는 태도에 화가 머리끝까지 나 이 세상을 바꾸어 버릴 수도 있는 중대한 결심을 하게 됩니다.

그 시간 트로이 왕국의 둘째 왕자인 파리스는 첫째 왕자인 헥토르와 함께 스파르타에서 열리는 파티에 참석하고 있었습니다. 그곳엔 각국의 왕과 귀족들 그리고 사신들이 모여 진수성찬을 즐기며 연일 파티를 즐기고 있었지요. 사실 이곳에 초대받은 건 형인 헥토르였지만, 파리스는 세상에서 가장 아름답다는 스파르타의 여왕 헬레네의 모습이 너무나 궁금하였습니다. 그래서 형인 헥토르에게 부탁하여 이곳에 따라온 것이었습니다.

세상의 소문은 사실이었습니다. 아니 오히려 축소되어 있었지요. 그녀는 파리스가 상상했던 것 이상으로 그 어떤 여인보다 아름다웠습니다. 인간의 범주를 벗어나 태양처럼 빛나는 그녀의 아름다움과 고귀함은 이 세상의 말로는 표현하기가 불가능할 정도였지요. 그녀의 모습을 몰래 훔쳐볼 때마다 파리스의 심장이 두근거리며 뜨거워졌습니다.

그러나 한순간 그의 뜨거웠던 심장은 얼음처럼 차가워지고 곧 그의 두 눈엔 불꽃같은 분노가 치솟아 오릅니다. 한 나라의 고귀한 여왕이자, 세상에서 가장 아름다운 그녀. 그 누구보다 존중받아야 할 여왕 헬레네는 오히려 인간들에게 모욕을 당하고 있었습니다.

그녀의 남편이자 스파르타의 왕 메넬라오스는 자신의 권위를 높이기 위해 다른 여인을 품에 안은 채 그녀에게 술을 따르게 했고 그런 모습을 보며 사람들은 그녀에게 은근한 조롱을 보내고 있었던 것이지요. 이런 말도 안 되는 상황은 몇 날 며칠이 지나도 변하지 않았습니다.

결국 파리스는 자신의 할 일을 다 한 듯, 처연하게 돌아서는 헬레네를 몰래 쫓아가 그녀의 앞에 무릎을 꿇고는 사랑을 고백하고 맙니다. 파리스는 그녀에게 행복과 자유를 위해 트로이로 함께 떠나자고 간곡하게 청하지만 헬레네는 파리스의 제안을 단번에 거절합니다. 자신의 나라 스파르타를 그녀는 버릴 수 없었기 때문입니다.

그러나 파리스는 헬레네를 포기하지 않고 설득합니다. 매일 밤, 자신을 설득하는 파리스의 진심에 그녀의 마음이 조금씩 흔들리기 시작합니다. 그 당시에 트로이는 초강대국이었습니다. 그들의 군대는 용맹하였고 단 한 번의 패배도 없었으며, 수천 명의 정예 궁수들이 지키고 있는 그들의 웅장한 성벽은 단 한 번도 무너진 적이 없었습니다. 그런 사실을 잘 알고 있었기에 스파르

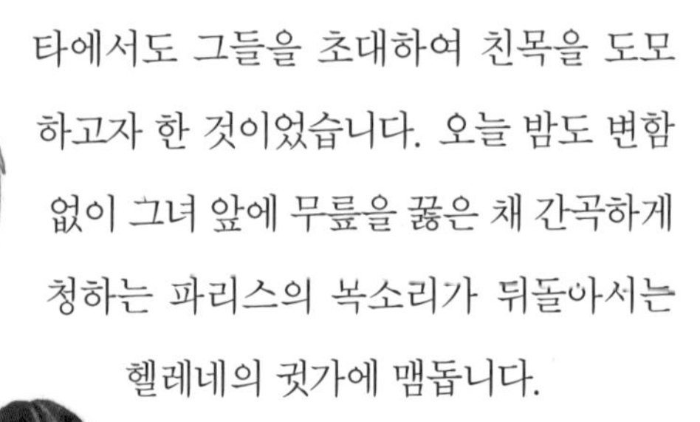

타에서도 그들을 초대하여 친목을 도모하고자 한 것이었습니다. 오늘 밤도 변함없이 그녀 앞에 무릎을 꿇은 채 간곡하게 청하는 파리스의 목소리가 뒤돌아서는 헬레네의 귓가에 맴돕니다.

그대여.

나의 조국 트로이가 당신을 지켜 줄 것입니다.

달과 별빛이 창문의 빈틈을 타고 들어오는 늦은 밤. 그녀는 자신의 처소에서 잠을 이루지 못한 채 초조하게 서성거리고 있습니다. 그녀의 마음은 지금 흔들리고 있었습니다. 여왕으로서 의무와 책임 그리고 한 여인으로서의 행복과 자유에 대한 갈등이 그녀의 깊은 내면에서 서로 부딪혀 파도처럼 부서지고 있었습니다.

아!

스파르타여.

난 도대체 어찌해야 한단 말인가.

결국 이러지도 저러지도 못하던 그녀의 눈에서 눈물 한 방울이 떨어지고야 맙니다. 그 눈물이 안쓰러웠는지 때마침 창문 사이로 한줄기 시원한 바람이 헤집고 들어와 그녀의 머리칼을 스치고 지나갑니다. 정신을 맑게 하는 참 청아하고 시원한 바람입니다.

갑작스러운 바람에 놀란 그녀는 자신의 눈물을 누가 볼까 봐 얼른 손등으로 훔치며 고개를 듭니다. 그런데 그녀의 젖은 눈 때문인지 아니면 촛불의 일렁임 때문인지, 창문 앞에 웬 사내의 실루엣이 보입니다.

아!

뭐지.

내가 잘못 보았나!

그녀는 다시 눈물을 닦고는 고개를 듭니다.

그러나 그건 잘못 본 게 아니었습니다.

창문 앞엔 웬 낯선 사내가 자신을 조용히 바라보며 서 있었습니다.

그의 몸에선 광명의 빛이 흘렀고, 그의 머리칼은 금실을 두른 것처럼 빛이 났으며, 그의 파란 눈동자는 잔잔한 에게 해의 바다처럼 온화하였습니다.

누, 누구세요!

그러나 사내는 말 한마디 없이 그녀에게 성큼성큼 다가오더니 그녀가 미처 대응할 틈도 주지 않은 채, 헬레네를 자신의 품에 꼭 껴안습니다. 너무 놀라 입만 뻥긋거리고 있던 그녀를 한동안 안은 채 머리를 부드럽게 쓰다듬어 주던 그가 드디어 입을 엽니다.

나의 사랑하는 딸아!

너무 놀라지 마렴.

난 너의 아버지 제우스란다.

미안하구나.

너무 늦게 와서….

그 말을 듣는 순간 엉거주춤 서 있던 헬레네의 팔에 힘이 들어가며 제우스의 목에 매달리듯 푹 안깁니다. 그녀는 제우스의 품에 안긴 채 그동안의 설움이 폭발했는지 어깨를 들썩이며 슬피 웁니다. 제우스는 모든 걸 다 안다는 듯 그런 그녀의 등을 가만히 토닥여 줍니다.

두 부녀는 은은하게 초를 밝힌 테이블에 앉아 이야기꽃을 피우고 있습니다. 세상에 태어나 처음으로 자신의 아버지를 만난 그녀는 맞은편에 앉아 있는 제우스를 바라봅니다.

신들의 왕답게 제우스는 위엄이 넘쳐흘렀지만 자신을 바라보는 그의 따뜻한 눈빛만은 그가 진정 자신의 부친임을 증명하고 있었습니다.

왜 이제야 오셨어요!

그동안 제가 보고 싶지 않으셨나요?

제우스는 그녀의 손을 잡으며 이야기합니다.

그렇지 않단다.

난 네가 이 세상에 태어날 때부터 널 항상 지켜보고 있었지.

어떨 때는 이슬에 숨은 작은 벌레로, 또 어떨 땐 태양의 구름을 타고 날갯짓하는 검은 독수리로, 달이 차오르는 밤이 오면 안개처럼 나타나 깊이 잠든 너의 이마에 키스를 하고는 떠났단다.

아쉽게도 그동안 내가 너에게 나타나지 못했던 이유는 너의 엄마의 간곡한 부탁이 있었기 때문이야.

그 내용에 대해선 그녀 역시 어느 정도는 알고 있었습니다. 그녀의 삶이 인간의 탐욕으로 인해 얼룩질까 봐, 엄마였던 레다가 무척이나 걱정하였다는 것을….

근데 어찌하여 제 앞에 모습을 보이신 건가요?

그녀의 질문에 제우스는 불현듯 메넬라오스에 대한 분노가 치솟았는지 갑자기 성 주변으로 먹구름이 몰려오고 천둥 번개가 내리치며 에게 해의 바다가 거세게 출렁거립니다.

아차!

제우스는 깜짝 놀라, 눈을 동그랗게 뜨는 있는 그녀를 인식했는지 얼른 화를 감추며 딸을 안심시킵니다.

미안하구나!

갑자기 메넬라오스 그놈의 얼굴이 떠올라서 말이다.

그녀는 곧 따뜻한 아버지의 마음을 느꼈는지 처연하게 웃으며 말합니다.

전 괜찮아요.

이것도 제 운명인 걸요.

그러나 제우스는 그렇게 생각하지 않고 있었습니다. 그가 이곳에 나타난 건 딸에게 행복과 자유를 주기 위해서였지요. 더 이상 사랑하는 자신의 딸이 메넬라오스에 의해 불행해지는 걸 제우스는 용납할 수가 없었습니다. 이미 올림포스 신전에서 이곳으로 오기 전, 그녀의 눈물을 본 제우스는 딸을 지켜 주기로 단단히 마음먹은 상태였습니다.

헬레네.

운명이란 건 얼마든지 극복할 수 있단다.

그 존재가 나의 딸이라면 더더욱 그러하지.

이젠 더 이상 고민하지 말고 내일 새벽 파리스를 따라 트로이로 가렴.

제우스의 말에 그녀는 깜짝 놀랍니다.

아! 아버지.

그럼 스파르타는요?

스파르타는 걱정하지 말려무나.

앞으로 스파르타는 더욱더 번성할 테니!

이제 나머지 일은 나에게 맡기고 넌 모든 짐을 내려놓고 한 여인으로서의 삶을 찾으렴.

넌 나의 딸이잖니!

너에겐 그 누구보다도 행복할 권리가 있단다.

잠시 동안 이 세상이 혼란스럽긴 하겠지만 그것 역시 이 세계를 이루는 한 부분일 뿐이니 너무 걱정하지 말렴.

어차피 지금의 인간 세상은 수많은 신들의 개입으로 인해 시끄럽지 않니!

신들이나 인간들이나 모두들 남아도는 혈기를 주체하지 못하고 있지.

그러니 이제 세상일에는 관여하지 말고 너의 행복을 위해 떠나렴.

모든 일은 나에게 맡기고.

저!

정말 그래도 될까요?

아버지!

제우스는 고개를 끄덕이며 딸의 머리를 사랑스럽게 어루만집니다.

이제 네가 트로이로 떠나는 순간, 우리 신들 역시 이 세상에서 점차 손을 뗄 거란다.

이미 나의 뜻을 전령들을 통해 다른 신들에게 보내었지.

앞으론 그 누구도 너의 행복을 방해하는 신이나 인간들은 없을 것이야.

너의 미모를 은근히 시기하던 여신들조차도 말이다. 이제 이 세상은 너희들의 것이니 너희의 의지대로 하렴.

제우스의 마음 끝에는 헬레네에 대한 사랑으로 가득했습니다. 모든 인간 세상을 포기할 만큼. 다음 날 밤 별빛들이 사라지기 전 새벽녘, 메넬라오스의 눈을 피해 해안가에 정박해 있던 트로이의 군함에 발을 내린 그녀는 제우스의 당부대로 행복과 자유를 찾아 트로이로 떠납니다.

에게 해의 푸른 바람이 곧게 펴진 하얀 돛대를 한껏 부풀리며 그녀의 머리칼을 아름답게 휘날립니다. 신과 인간들이 엉켜 살던 아주 오래전, 이 세상에서 가장 아름다웠다는 그녀. 그 아름다움 때문에 겪어야 했던 수많은 고뇌와 아픔들….

그리고 행복과 자유를 찾기 위해 한 나라의 여왕이라는 영광과 지위를 모두 내려놓은 채 떠나는 헬레네. 그녀의 아름다움과 고매함 그리고 행복과 자유에 대한 열망을 난 커피로 표현하고 싶었단다.

어쩌면 지금 너의 곁에 있는 귀여운 장미에겐 이 커피가 아주 잘 어울릴지도 모르겠구나.

그 말에 장미가 활짝 웃으며 대답합니다.

네!

맞아요.

이 커피야 말로 저의 소울메이트가 될 수 있어요.

분명히 그럴 거예요.

저 지구별에서 가장 아름다웠던 그녀는 정말 저와 닮은 곳이 많은 것 같아요.

히.

어린 왕자는 장미가 헬레네를 닮는다면, 자신도 조금은 덜 피곤하겠다는 생각에 얼른 고개를 끄덕이며 맞장구를 칩니다.

맞아요!

정말 장미님에게 잘 어울리는 커피 같아요.

아름다움도 우아한 향기도 그리고 가시 같은 고매함도 모두 장미님과 닮았네요.

그, 그렇죠!

장미는 왠지 어린 왕자의 말에 살짝 이상한 기분이 들긴 했지만, 그래도 헬레네와 닮았다는 말에 기분이 좋은지 방긋하고 웃습니다. 이제부터 장미는 그렇게 그녀처럼 아름답고 우아한 장미가 되어야 했습니다. 오늘 이 작은 별에 그녀를 닮은 아름다운 붉은 장미가 탄생했네요.

G minor 바하

삶은 음악처럼 흐르고

Blending Note/ 케냐PB, 니카라과SHG, 시다모G1, 볼라벤
누가 뭐라 해도 나의 길을 가고 싶을 때
그리고 꿈을 좇는 이들을 위해

어린 왕자는 헬레네에 대한 이야기를 들은 후, 조금씩 변해 가는 장미에게 좀처럼 적응이 안 되는지 어색하게 머리를 긁적입니다. 장미는 헬레네를 소울메이트로 받아들인 후? 여러 번 어린 왕자에게 부탁하여 그녀의 이야기를 반복하여 들었습니다.

장미는 이젠 헬레네의 아름다움뿐 아니라 그녀가 겪었던 내면의 번민까지 공명하였는지, 어떨 땐 침묵으로 또 어떨 땐 혼자서 멍하니 석양을 바라보며 몇 날 며칠을 그렇게 보내었습니다.

장미는 조용한 목소리로 어린 왕자에게 커피 헬레네를 한 잔 부탁한 후, 그녀의 향기를 느끼며 오랜 시간을 생각에 잠겼지요.

어린 왕자는 이제 슬슬 걱정이 되기 시작했습니다.

아! 어쩌지. 저러다 정말 자신이 여왕이라고 생각하면 큰일인데! 이 생각 저 생각에 골몰해 있을 때, 어린 왕자를 부르는 장미의 목소리가 들립니다. 어린 왕자는 긴장하며 여느 때와 같이 장미에게 달려갑니다.

장미는 어린 왕자를 바라보며 예전과는 다른 차분한 목소리로 이렇게 물어봅니다.

어린 왕자님의 마음 끝에 있는 소중함은 무엇인가요?

장미의 생각지도 못한 질문에 어린 왕자는 순간 꿀 먹은 벙어리가 되었습니다. 사실 예전 같았으면 어린 왕자는 이렇게 대답

했을 겁니다.

전 노을이 좋아요!

반짝이는 별들과 가끔 머리 위를 지나가는 긴 꼬리별들도요.

그리고 살아서 변화하는 모든 것들을 감상하는 것 자체가 저에겐 아주 소중한 일이지요,라고 말이지요!

하지만 이젠 이렇게 대답하기엔, 어린 왕자에겐 소중한 것들과 의미들 그리고 꿈들이 너무 많아져 버렸습니다.

하지만 어린 왕자는 장미의 잎사귀에 묻은 먼지를 손수건으로 말없이 닦아 주며 미소만 짓습니다.

아이.

어린 왕자님!

딴청 피우지 마시고요!

장미가 재촉합니다.

어린 왕자는 어쩔 수 없다는 듯 대답합니다.

물론 저에게 가장 소중한 건 장미님이지요.

당신은 이 세상에 하나밖에 없는 장미이니까요!

어린 왕자도 일단은 살아야 했습니다.

이럴 때 잘못 이야기하면 한동안 장미의 투덜거림을 듣겠지요!

지구별 여행에서 얻은 경험과 만남들 그리고 낡은 마법 책 속에 담긴 삶과 커피에 대한 아름답고 슬픈 사연들, 이젠 이 모두가 아주 소중한 것이 되어 버렸습니다.

장미가 새롭게 알을 깨고 나오는 새처럼 몸부림치고 있듯이 사실 요즘 어린 왕자 역시 고민에 빠져 있었습니다. 어린 왕자는 커피의 블랜딩 기술에 대해 좀 더 배우고 싶었습니다. 지구별 아저씨처럼 언제든 삶의 여행 중에 마주치는 커피마다 의미와 감정 그리고 생명을 불어넣어 주고 싶었지요.

그러나 어린 왕자는 알고 있었습니다.

이곳에서 스스로 깨닫기엔 너무 오랜 시간이 걸릴 거라는 걸.

아무래도 책만으로 배운다는 건 분명 한계가 있었으니까요. 그것은 마치 우연히 얻은 무림 비서 하나만 가지고 초절정 고수가 되는 기적과도 같았습니다. 모든 일에는 적절한 시기와 그때에 맞는 스승이 필요했지요. 그것이 지금 어린 왕자에겐 두 번째 여행이 필요한 이유였습니다.

그러나 이번에 떠나는 지구별 여행은 처음과는 달리 꽤 오랜 시간이 걸릴 것이란 걸, 잘 알고 있기에 쉽게 결정을 내리지 못하고 있었습니다. 뒤에 남겨질 양이야 혼자서도 잘 먹고 잘 사니 걱정이 없었지만, 장미와의 이별이 가장 마음에 걸렸지요. 어린 왕자는 그렇게 나름의 고민을 안고, 작은 불꽃이 흔들리는 화산 앞에 쪼그리고 앉아 커피 한 잔을 내립니다.

단아하면서도 짙은 커피 향이 이 작은 별에 은은하게 퍼집니다. 어린 왕자는 이 커피에 대해 조금은 알고 있었습니다. G minor라는 이름의 이 커피는 '요한 세바스찬 바하'라는 음악가가 작곡한 곡을 모티브로 만든 커피였습니다. 지구별 아저씨는 이 음악가가 이 한 곡에 인생을 담았다고 했습니다.

어느 날 이 곡을 우연히 듣고는 한동안 넋이 나가 있었다고 그는 고백했지요. 사람들이 이 곡에 대해 어떤 해석을 내놓을지는 모르지만, 자신이 듣기엔 인간들의 모든 삶, 걱정과 열정, 사랑, 외로움, 공허함이 이 한 곡에 모두 들어 있었다고 말입니다. 만약에 이 음악가가 G minor를 작곡하듯이 한 잔의 커피를 만들었다면, 분명 자신보다 더욱더 훌륭한 커피를 만들어 내었을 거라며 말이지요.

지구별 아저씨는 이곡을 커피에 담기 위해 수백 번을 반복해서 들었다고 했습니다. 하물며 로스팅과 블랜딩이 모두 끝나고 한 잔의 커피로 내려질 때까지 말입니다. 어린 왕자가 지구별로 두 번째 여행을 결심하게 된 이유도 눈부신 빛과 함께 흘러나오던 이 아름답고 슬픈 선율을 듣고 난 후부터였습니다.

그건 그의 음악처럼 지구별 사람들의 진한 삶을 이 한 잔의 커피에서도 충분히 느낄 수 있었기 때문입니다. 단아하면서도 짙은 향기, 깊고 부드러운 바디감과 사라지지 않는 잔잔한 여운 등은 마치 음계가 끊임없이 이어지는 것처럼 또 하나의 충격으로 다가왔습니다.

어린 왕자는 이제 자신의 한계를 느끼고 있었습니다. 열심히 하면 언젠간 될 거라는 마음은 이미 오래전 머릿속에서 사라져 버렸지요. 이 작은 별에 또 한 번 커피의 향기와 함께 G minor의 선율이 깊이 새겨집니다.

세바스찬은 조금 후에, 자신이 새로 부임한 교회의 칸타타를 지휘하기 위해 무대에 올라서야 했습니다. 원래 그 자리는 자신보다 더욱 촉망받는 사람의 자리였지만, 그는 무슨 연유인지 지휘자의 자리를 사양했지요. 덕분에 이제 30대 초반의 아직은 젊은 그에게 큰 기회가 주어졌습니다.

그의 집안은 아주 오래전부터 내려오는 유서 깊은 음악가의 집안이었지만, 세계적인 음악가를 배출하진 못했습니다. 그래서 그랬는지 그의 아버지는 세바스찬의의 손을 잡으며 부탁을 합니다. 가문을 꼭 빛내어 달라고 말이지요.

세바스찬은 어릴 때부터 천재로 소문이 나 있었습니다. 그를 증명하듯이 그는 이미 그동안 세상에 존재하지 않던 새로운 음계의 법칙을 발견했지만 그 사실을 숨기고 있었습니다. 그것을 세상에 발표하기엔 용기가 나질 않았기 때문이지요. 사람들은 늘 새로운 것에 편견과 두려움을 가지고 있다는 걸 그는 알고 있었습니다.

자신이 발표한 곡이 음악계에 환영을 받지 못한다면, 아버지가 무척 실망할 것이라는 걱정 또한 그의 마음을 더욱 무겁게 누르고 있었습니다. 그래서 그는 더욱 자신의 음악을 발표하지 못하고 망설이고 있었습니다. 그의 평온해 보이는 모습과는 달리 보이지 않는 곳에서는 두려움과 도전에 대한 갈등이 거세게 충돌하고 있었지요.

그는 그동안의 상념을 잠시 뒤로하고 무대에 오릅니다. 그러고는 그를 반대하던 사람들의 염려를 불식시키듯 첫 무대를 단

하나의 실수 없이 아름다운 선율로 장식합니다. 그렇게 세바스찬은 조금씩 음악가로서 지휘자로서의 역량을 완성해 가고 있었습니다.

그러던 어느 날이었습니다. 햇살이 쏟아지는 따뜻한 오후, 푸른 옷을 곱게 차려입은 나무들이 가득한 아름다운 정원에 서 있던 그에게 마음을 진동시키는 '영혼의 울림'이 찾아옵니다. 그 울림은 신의 음성처럼 그의 가슴을 헤집었고, 그의 몸을 사시나무 떨듯 전율케 하였으며, 그의 깊은 내면에 울리는 거대한 종소리와 같았습니다.

세바스찬.
이제 다른 사람들은 신경 쓰지 말렴.
그가 누구이든지.
그가 한 나라를 다스리는 왕이어도.
그가 너를 후원하는 고위귀족이어도.
그가 너를 칭송하는 청중이어도.
그들이 그 누구이건 중요하지 않단다.
이젠 그들이 이해하든 이해하지 못하든 네가 오래전 나에게 약속했던 너만의 음악을 하렴.

그것이 네가 나에게 부탁하여 이 땅에 내려온 이유이니까!

이 세상에서 너의 삶과 음악을 끝까지 지켜 줄 사람은 이 땅엔 존재하지 않으니.

그 누구에게도 기대지 말렴.

너의 아버지에게도.

너의 벗들에게도.

그리고 널 사랑하는 연인에게도.

그들의 마음은 영원하지 않으니.

모두가 바람처럼 사라져가는 존재들일 뿐.

그러니 이젠 오직 나만을 믿으렴.

내가 너와 끝까지 함께할 테니.

내가 너의 음악을 끝까지 지킬 테니.

이젠 너의 마음 끝에 담아 둔 너만의 음악을 하렴.

이 세상을 위해.

그리고 이 땅에 내려온 나의 빛 조각들을 위해….

영혼의 울림을 들은 그날 이후로, 그는 두려움에서 자유로워졌습니다. 이젠 자신의 음악에 대한 다른 사람들의 평가가 어떻든 그건 중요하지 않았습니다. 세바스찬 바하는 그 후로 그 누구도 시도하지 않았던, 대위법이라는 화성학의 수직적 음계의 풍성한 선율로 자신만의 음악을 완성해 갑니다. 그날 이후로 그의 영혼은 그렇게 자유로워졌습니다.

G minor.

그의 삶을 닮은 듯, 한 이 아름다운 곡에 지구별 아저씨는 그렇게 커피의 향기를 담았습니다. 어린 왕자의 마음은 이제 정해졌습니다. 더 이상 이곳에 남아 있는다는 건, 시간 낭비라는 생각만 들뿐이었습니다. 아저씨의 마지막 말이 떠오릅니다.

우리가 다시 만날 때는 오랜 시간을 같이할 수 있을 거야.

그땐 우리는 같은 꿈을 꾸고 있을 테니.

지구별 아저씨의 소망대로 어린 왕자는 그렇게 자신의 마음의 끝을 찾아가고 있었습니다. 이제 곧 다가올 어린 왕자의 두 번째 여정은 정말 오랜 시간이 걸릴 것입니다. 커피의 세계는 아주 깊고 넓기에.

The One

단 한 사람을 위하여

Blending Note/ 하라, 자바, 수프리모 디 카프, 예가체프G1, 파프아뉴기니AA
세상을 이기고 싶을 때
그리고 간절한 소망이 있어 끝까지 포기하지 않는 이들을 위해

어린 왕자와 장미는 오늘도 함께 노을을 감상하며 자연의 깊은 섭리에 감탄하고 있었습니다. 오늘만 벌써 44번째의 해가 지고 뜹니다. 언제나 변함없이 움직이는 태양이지만 그 빛에 반사되는 자연의 아름다움은 어제와 오늘이 다르고, 아마 내일 역시도 다를 것입니다.

어린 왕자와 장미는 여러 해 동안 자신들의 조그만 별에서 아옹다옹하며 성장하였습니다. 어린 왕자는 언제부터인가 자신의 고향인 이 B612 소행성이 조금씩 답답하게 느껴졌습니다. 그건 마음의 밭이 성장하는 만큼 자신이 서 있는 세계 역시 더욱 넓어

져야 했기 때문입니다.

지구별 아저씨처럼 좀 더 넓은 세계에서 더욱 많은 걸 배우고 싶었던 어린 왕자는 요즘 장미와 서로 머리를 맞대고 두 번째 여행에 대한 상의를 하고 있었답니다. 사실은 얼마 전, 어린 왕자는 넌지시 장미에게 자신의 두 번째 여행의 당위성에 대해서 구구절절이 땀이 나도록 설명하였습니다.

그런데! 당연히 펄쩍 뛸 줄 알았던 장미는 충분히 공감한다는 듯, 지구별 여행의 필요성에 대해 고개를 끄덕이며 동의합니다. 장미 역시 언젠가는 어린 왕자가 다시 여행을 떠날 거란 걸 예상하고 있었던 것이지요.

어!

이상하네.

어린 왕자는 순간 당황합니다.

장미의 순순한 승낙에 말입니다.

근데 역시, 아니나 다를까!

장미가 어린 왕자에게 다소곳하게 물어 옵니다.

어린 왕자님!

그럼 우린 언제쯤 출발하는 거죠?

네!

우리요?

네.

우리요….

그럼.

설마!

지금 절 혼자 두고 가실 생각이셨나요?

저 무섭게 생긴 하얀 털 뭉치 양이 어슬렁거리는 이 작고 쓸쓸한 별에….

으앙.

너무해!

분명 저 지구별에 다른 장미가 생긴 게 분명해!

장미는 결국 서럽게 울음을 터트리고 맙니다. 저번 여행에서도 혼자 외롭게 두고 가더니 또 홀로 떠나려 한다며 말이지요. 어린 왕자는 장미에게 지구별이 얼마나 위험한 곳인지! 얼마나 험하고 끔찍한 벌레들이 많은 곳인지! 이마에 땀이 나도록 설명합니다만, 장미의 단 한마디에 결국 두 손을 들고 맙니다.

물론 무섭고 두렵기도 하지만, 그곳에서 아름다운 나비들을 만날 수만 있다면 전 그깟 벌레들은 참을 수 있어요.

그 후로 어린 왕자는 더 이상 장미를 설득하는 건 포기하였습니다. 어느새 장미와의 동행은 기정사실이 되어 버렸지요. 장미는 요즘 지구별을 생각할 때마다 가슴이 콩닥콩닥 뜁니다.

그곳은 어떤 곳일까?

얼마나 많은 사람들이 살고 얼마나 많은 꽃들이 피어 있을까?

나보다 더 예쁜 꽃들이 있으면 어떡하지!

넋이 나간 듯 혼자 신나서 중얼거리는 장미를 보며, 어린 왕자는 머리에 두통이 오는지 머리를 쥐어뜯습니다.

저 지구별의 위험은 벌레들만 있는 게 아니었습니다. 만약 뜨거운 태양에 불타는 사막에 잘못 불시착하면, 장미는 하루도 못 버틸 것이고, 깊은 정글 속에 떨어진다면 또 어떤 무서운 짐승들이 위협을 가할지 모를 일이었습니다. 그곳은 꽃과 식물조차도 독을 품고 있는 무서운 곳이었기 때문입니다. 만약 운이 좋아 사람들이 있는 곳에 도착한다 해도, 인간의 선한 본성과 고결함을 잃어버린 사람들을 만난다면 또 어떠한 일을 겪을지 모릅니다. 어린 왕자는 아저씨를 만나기 위한 이번 여행이 무척 설레기도 했지만 걱정도 많았습니다.

만약에 아저씨를 만나지 못하면 어떡하지!

잘못된 시대에 불시착한다면, 처음 지구별 여행 때처럼 어린 왕자와 장미는 의지할 때 없이 오랜 시간을 쓸쓸하게 헤맬 테니까요.

어린 왕자는 지구별 아저씨가 있을 만한 곳과 시간을 생각해 봅니다.

칠흑빛 머리칼에 피부는 밝았으니, 분명 아시아 쪽일 거야.

그럼 지역이 조금은 좁혀지긴 하는데….

아.

맞아!

아저씬 '고요한 아침의 나라'에서 왔다고 했어.

어린 왕자는 아저씨가 있을 만한 시대의 단서를 찾기 위해 오늘도 생각에 잠겨 있습니다.

그동안 지구별을 떠나온 지 무척 오랜 시간이 지났습니다. 어린 왕자는 과연 아저씨를 다시 만날 수 있을지 시간이 흐를수록 무척 걱정이 되었습니다. 그곳과 이곳은 시간의 흐름이 전혀 달랐기 때문입니다. 그렇기에 지구별에 착륙할 때 세심히 신경을 쓰지 않으면 전혀 다른 시대, 전혀 다른 곳에 떨어질 확률이 높았습니다. 하지만 어린 왕자는 그래도 마음을 바꾸지 않습니다.

지구별 아저씨는 '모험이 없다면 기적도 없다'라고 했지!

어린 왕자는 여전히 혼자 방긋거리며 꿈을 꾸고 있는 장미를 뒤로한 채, 조용히 그림 가방 안에서 꺼낸 원두를 갈아, 커피 한 잔을 정성스럽게 만듭니다. 커피 가루가 곧 빵처럼 부풀어 오릅니다.

곧 숨을 쉬듯 방울방울 터지는 커피의 풍미는 이 작은 소행성 구석구석에 스며들어, 마치 별 전체가 거대한 커피가 되어 숨을 쉬는 것처럼 온 별에 향기가 자욱하게 퍼집니다.

정말 진하고 좋은 커피 향입니다. 순간 어린 왕자의 눈이 설렘으로 물듭니다.

이 향기는 왠지 익숙해!

어린 왕자는 커피 잔을 들어 조심히 향을 맡아 봅니다. 그리고 커피 한 모금을 마신 후에야 이 커피의 정체를 알게 됩니다. 어린 왕자의 눈에 눈물이 글썽입니다. 이 눈물의 의미는 그리움입니다. 그렇습니다! 이 커피는 오래전 사하라 사막에서 아저씨가 자신에게 처음으로 만들어 준 커피였습니다. 그때의 느낌이 그대로 다시 살아납니다.

시원한 바람이 불 때마다 부푸는 삼각형 돛처럼 펄럭이던 바람소리…. 차가운 모래 속에서 툭탁거리던 작은 벌레들의 숨소리…. 황금빛 모래 속 더욱 깊은 곳에서 도도하게 흐르던 호수 요정의 심장소리. 이 모든 기억의 형상들이 어린 왕자의 눈앞에서 손에 잡힐 듯이 펼쳐집니다.

이 모든 시작이 지금의 이 커피 한 잔에서 시작되었습니다. 어린 왕자는 더 원(The One)이라는 이 커피를 다시 음미해 봅니다.

지구별 아저씬 이 커피를 누군가에게 드리기 위해 만들었다고 했지 그 사람이 누구일까?

오늘따라 유난히 밝게 빛나는 아름다운 문자에 어린 왕자는 가슴이 두근거립니다.

안녕.

드디어 이 커피를 찾았구나!

별빛이 쏟아지는 사하라 사막에서 우린 정말 행복했었지!

사실 그때 너에게 어떤 커피를 만들어 주어야 할지 난 무척 고민을 했단다.

너에겐 소중한 첫 만남이었기에 아주 심사숙고할 수밖에 없었지!

첫 느낌이 좋지 않다면 사람이나 커피나 가까워지기가 매우 힘들지 않니.

그래서 난, 우리 꼬마 친구가 특정한 커피 맛에 편견을 갖지 않도록, 한쪽으로 치우치지 않는 훌륭한 밸런스를 가진 커피를 만들어 주어야겠다고 생각했단다.

어떤 사람들은 베리 맛을 좋아하고, 또 어떤 사람들은 화사한 꽃향기의 커피를 좋아하지.

그리고 어떤 사람들은 달콤한 초콜릿 향의 커피를 좋아하기도 하지만, 이 블랜딩 커피는 이 모든 것들을 포용한 깊고 풍부한 향 그리고 부드러움과 힘이 느껴지는 커피란다.

아저씨는 우리 꼬마 친구가 언젠가 이 커피를 스스로 찾아내길 소망했지.

다행히도 우리 꼬마 친구가 이 커피를 잊지 않고 기억하고 있었구나.

이제야 말하지만 너에게 처음으로 만들어 준 이 커피는 아저씨가 미국의 대통령께 드리기 위해 만든 커피였단다.

처음 커피를 블랜딩 할 당시에 대통령께서 어떠한 스타일의 커피를 좋아하는지에 대한 정보를 받지 못해, 아저씨는 결국 커피의 개성을 돌출시키기보단 커피 본연의 힘과 특성이 한쪽으로 치우치지 않는 밸런스 좋은 커피를 만들고자 마음먹었지!

그래서 이 커피는 아저씨의 의도대로 자연스러운 묵직함과 부드러움 그리고 마지막 한 방울까지 에너지가 무너지지 않는 아주 훌륭한 맛을 간직하고 있단다.

너에겐 첫사랑 같은 커피이자 나에겐 소중한 인연을 맺어 준 커피이기도 하구나.

그럼 이제 우리 꼬마 친구의 첫사랑이 되어 버린 이 The One에 대한 숨은 사연을 들어 보겠니!

절대적인 것에 도전한다는 건, 그것은 우리가 사는 인간 세계에서만이 가능한 이야기입니다. 하위 종이 상위 종을 공격한다거나 하는 일들은 동물들의 세계에선 아주 드문 일이지요. 절대적인 것에 도전하는 인간의 마음 안에는 열정이라는 에너지가 있습니다. 우리가 알고 있는 무모함이나, 끈질김, 용기, 탐구, 모험심 등 이런 것들 역시 열정의 또 다른 이름일 뿐입니다.

2012년 저는 미국의 백악관에 있는 대통령께 커피를 보내는 무모한 일을 시도하였습니다. 전 세계의 대통령(President)들에게 제가 만든 커피를 소개할 수 있는 가장 빠른 방법이라고 생각하였기 때문입니다.

그러나 백악관 안으로 통관은 되었지만, 미처 대통령께 전달되진 못했나 봅니다. 오랜 시간 아무 소식이 없는 걸로 보아, 그 당시 누군가의 손에 분명 폐기 처분되었을 거라 짐작했습니다. 당연한 이야기지만 백악관이라는 곳이 절대 호락호락하진 않았습니다.

그러나 3년 뒤인 2015년 겨울, 커피 애호가이며 당시 백악관 명예 장관이자 대통령의 자문위원으로 활동하시던, 이홍범 박사님의 추천으로 대통령께 박사님의 추천서와 제가 쓴 한 통의 편지 그리고 더 원(The One)이라는 블랜딩 커피가 전달되었습니다. 3년이라는 오랜 시간이 걸린 지난한 노력이었습니다.

전 그동안 누구나 불가능한 일이라고 생각하는 것에 포기하지 않고 열정을 쏟았습니다. 그리고 그것에 도전하여 얻어 낸 결과들은 저의 마음을 더욱 단단하게 만들어 주었습니다.

언제나 그렇듯이 전 이 과정을 통해 불가능이란 것도 결국 인간이 만들어 낸 시간적인 한계일 뿐이라는 걸, 그리고 작은 용기만 낼 수 있다면 마음 끝 소망을 이룰 수 있다는 걸 믿게 되었습니다. 삶을 변화시키고 성장시키는 건 결국 한 번의 큰 용기보단 작은 용기의 연속이라는 걸 알게 된 것이지요.

사는 곳도, 신분도, 출신도 그리고 가지고 있는 사회적인 영향도 서로 다르지만, 이 커피의 마법 같은 힘을 통해 그들과 얼마든지 마음을 나누고 소통할 수 있다는 것을 확인하게 된 것입니다.

커피란 그런 존재입니다. 사람의 마음에 걸린 단단한 빗장의 문을 부드럽게 해제시켜 버리는 힘을 가진 특별한 존재. 너무나 차갑고 물질적인 이 세상의 현실 속에서 차마 이루어질 수 없는 만남도 기적처럼 이루어지게 하며 사람과 사람 사이의 벽과 신분을 허물어버리는 마법 같은 존재! 전 지금도 그 존재와 함께 절대적인 것들에 도전하고 있습니다. 너무도 아성이 높아 이름만으로도 나를 좌절케 하는 것들에게….

커피의 종주국 이탈리아.

영국 왕실의 커피 세인트헬레나.

그리고 세계적으로 이름난 커피 회사들에게….

세월과 자본과 명성으로 무장한 그들에게….

그들이 서 있는 그곳에 그 길에.

안녕하십니까! 그 당시 백악관의 주방을 책임지던 수석 셰프 Mr. 스미스입니다. 제가 이 이상한 커피를 처음 보게 된 건 2012년 한참 대선 경쟁이 치열하게 전개되던 시기였습니다. 백악관의 모든 근무자들의 신경이 최고로 날카로울 때였지요.

아시다시피 백악관이란 곳은 철저한 보안과 경비가 이루어지는 곳이기에 허가받지 않는 사람은 물론이고 식료품과 물품조차

도 철저하게 검역되는 곳입니다. 주문 목록에 없는 물건들은 애초에 들어올 수가 없지요.

근데 이상하게도 어느 날 백악관 식품 안전 부서를 거쳐 저에게 이상한 물건이 하나 도착했습니다. 검은색 액체가 가득히 담긴 병과 커피 원두 그리고 한 장의 편지였지요. 아마도 식품안전부서에서 검색을 당한 뒤였는지 일부 포장들이 벗겨져 있었습니다.

보내진 물건과 편지를 보니 보안실과 식품안전부서에선 처분이 곤란했는지 저에게 책임을 미루는 것 같았습니다. 누구인지는 모르겠지만 백악관에 계신 대통령에게 보내는 선물인데다가, 이미 발송지에다 물품 통관을 허락한 메시지를 보내었기에 처치곤란이었겠지요. 아마도 시국이 시국인 만큼 정성스럽게 포장되어 보내진 선물을 패기 처분하는 건, 좀 부담이 되었나 봅니다!

그렇기에 저 역시 한참을 고민했습니다! 하지만 검증되지 않은 식품을 대통령께 드릴 순 없었지요. 그러다 문득 호기심이 일어 커피의 포장을 뜯어 보았습니다. 진하고 풍부한 향미가 느껴지더군요. 분명 제가 지금까지 알고 있던 커피와는 전혀 다른 묘한 매력이 느껴지는 커피였습니다. 열대과일의 달콤함과 카카오의 깊은 풍미가 이 검은 액체에서 끊임없이 느껴진 것이지요.

한국에서 건너온 이 신비한 커피는 저를 순간 혼란스럽게 했지만, 결국 이 커피를 대통령께 드릴 용기는 없었답니다. 그리고 전 그 물건을 한쪽 구석에 치워 둔 채 어느덧 까맣게 잊고 있었습니다. 그렇게 어느 덧 3년이란 시간이 흐른 어느 날 전 놀라운 광경을 목격했답니다! 집무실에서 정책토의 중이던 자문위원들과 대통령의 테이블에 예전에 제가 폐기 처분했던 그 커피와 편지가 떡하니 놓여 있더군요.

전 순간 제 눈을 의심했답니다. 나중에 안 사실이지만 한국의 한 당돌한 커피 블랜딩 기술자가 절치부심 노력 끝에 자문위원 한 분을 통하여 대통령에게 직접 전달되었다는군요. 커피 이름이 더 원(The One)이라는 이름이었는데 대통령(President) 단 한 사람을 위해 만든 커피였다고 들었습니다.

미국에 알려지지 않은 한국의 커피 블랜딩 기술자의 집념과 열정이 백악관의 문을 연 것이죠. 사실 전 그때 테이블에 놓여 있던 편지를 나중에 읽고는 한쪽 가슴이 뜨끔했답니다. 그 편지엔 이렇게 적혀 있었습니다.

> 안녕하십니까! 대통령님(President). 저는 한국의 커피 블랜딩 기술자입니다. 당신은 1%의 기적을 믿으십니까?
> 이 커피는 당신을 위해 만들었고 이미 2012년 대선 당시 백악관에 보내어졌지만 당신에겐 아쉽게도 전달되

지 못했습니다. 그 후 사람들은 기적 같은 건 존재하지 않는다며 저에게 그만 포기하라는 말들을 하였지요. 그러나 전 실망도, 좌절도 하지 않았습니다. 기적이란 믿는 자에게만 나타난다는 걸 전 알고 있었기 때문입니다. 이제 백악관에 계신 당신이 이 커피를 입에 대는 순간 바로 저에겐 그 기적이 이루이지는 순간입니다. 전 유명인사도 아니고 재력가도 아니며 백악관에 들어갈 정도의 인맥은 더욱이 없었습니다. 그러나 지금 이 순간 저의 커피는 당신의 손에 들려 있습니다.

당신은 기적을 믿으십니까! 당신 역시 수많은 역경을 이기고 그 자리에 서 있는 사람입니다. 당신 역시 아무도 믿지 않았던 1%의 기적을 이룬 사람입니다.
저의 소망은 전 세계의 대통령들에게 제가 만든 커피를 소개하는 것입니다. 이제 그 첫출발을 당신께 부탁드립니다. 전 당신과 아주 멀리 떨어져 있지만 이제 이 커피로 인하여 당신과 소통하게 될 것입니다. 언제나 신의 은총과 행운이 당신과 함께하길 기원합니다.

– 2015년 1월 4일 Tae Wan. Lee

이야기를 읽고 있던 어린 왕자와 장미의 입가에 환한 미소가 피어납니다. 아저씨가 어떤 나라에 있는지 어느 시간대에 있는지에 대한 단서를 찾았으니까요. 이제 최소한 지구별의 미아가 되는 건 모면할 수 있었습니다.

아.

정말 다행이다!

어린 왕자는 차갑게 식어 버린 커피 잔을 한 손으로 받치며 기뻐합니다. 그러고는 아랑곳하지 않고 식어 버린 커피를 단숨에 마십니다. 언제나 그렇듯 아저씨가 만든 커피는 차가워져도 맛과 향이 변하질 않았습니다.

그럼 이제 우린 떠나기만 하면 되는 건가요?

아이,

좋아라!

뽀송뽀송하게 내리는 눈을 처음 본 강아지처럼 장미의 가슴이 폴짝폴짝 뜁니다.

네.

우리 이제 떠날 때가 된 것 같아요.

지구별 아저씨를 찾아서….

안녕! 나의 작은 별

어린 왕자는 자신의 작은 별이 태양의 빛을 받을 때마다, 반짝이는 고운 모래와 나무뿌리 밑 사이사이에 숨어 있는 황토를 모아 마치 한평생 도자기만을 구운 장인처럼, 구슬땀을 흘리며 장미를 태우고 갈 튼튼한 화분을 만들고 있습니다.

춤을 추듯 흔들리는 작은 화산의 불꽃들은 노랑, 파랑, 빨강의 불빛들을 토해 내며, 긴 여행을 준비하는 어린 왕자와 장미의 마음을 더욱 부풀게 합니다.

이번 여행은 예전의 첫 번째 여행과는 많이 달랐습니다. 서로의 어색함과 실망감에 떠밀리듯 떠나는 여행이 아닌, 분명한 목적과 꼭 만나야 할 사람이 있는 기나긴 여행이었습니다.

오래전, 이곳에 작은 씨앗으로 날아와 빛과 함께 태어난 장미는 이제 곧 떠날 자신의 첫 여행에 가슴이 콩닥콩닥 뛰었지만, 곧

마음을 잡고는 자신의 가시 네 개를 검 날을 손질하듯이 정성스럽게 닦습니다. 이 작은 가시는 어린 왕자를 보호하기 위한 장미의 소중한 무기였지요. 그렇게 어린 왕자와 장미의 마음 끝엔 서로를 아끼고 걱정하는 마음으로 가득했습니다.

이제 오늘이 이곳에서 보내는 마지막 밤입니다. 어린 왕자는 그동안 생각한 여행 계획을 다시 꼼꼼하게 점검합니다.

음.

먼저 예전처럼 작은 별의 주인들을 다시 만나야겠지!

많은 시간이 흐른 만큼, 그들에게도 어떤 변화가 있었을지도 모르니.

그때는 미처 생각하지 못했지만, 그들의 행동엔 그럴 수밖에 없는 사연들이 있을지도 몰라.

누구에게나 말 못 할 아픔은 있으니!

어린 왕자는 예전, 자신의 앞에서 고개를 숙인 채 술을 마셔 부끄럽다는 말만 되풀이하던 세 번째 소행성의 아저씨가 생각이 나자 순간 가슴이 먹먹해집니다.

아저씨는 아직도 술에 취해 있을까?

그리고 다른 작은 별 주인들은 어떻게 변해 있을까!

어린 왕자는 손에 들고 있던 커피 The One을 깨끗이 비우며 결심한 듯 일어납니다.

장미님!
우리 이제 그만 떠나요.

장미는 자신이 태어난 이 작은 별과의 이별이 무척이나 아쉬웠습니다.

어린 왕자님!
우리 이곳에 다시 돌아올 수 있을까요?

물론이죠.
세상도 우주도 둥그니까 걷다 보면 분명 이곳으로 다시 돌아올 수 있을 거예요.
어린 왕자의 자신감 넘치는 말에 장미는 활짝 웃고는 아쉬운 듯 고개를 숙이며 작별 인사를 합니다.

안녕!
나의 고향….

나의 작은 별….

그리고 날 단단하게 지켜 주던 고운 흙들….

새벽마다 날 조용히 흔들어 깨우던 바람과 이슬들….

그리고 언제나 날 보며 입맛을 다시던 하얀 구름 털 뭉치 '양'아.

내가 다시 돌아올 때까지 이곳을 부탁해!

그들의 여행을 축복하듯 작은 화산에서 피어오르는 노랑, 파랑, 빨강의 불꽃들이 춤을 추며 노래를 부릅니다.

안녕!

꼭.

다시 돌아와야 해!

비하인드 스토리/ 카이의 이야기

아주 오래전 잃어버린 기억들

1500여 년 전, 에티오피아의 어느 하루. 부스스해진 짧은 머리를 긁적이며 일어나는 한 소년이 있었습니다. 새벽의 찬바람에 움츠러든 얇은 어깨가 잠시나마 가볍게 떨렸지만, 이내 곧 털어버리고는 따뜻한 눈빛으로 한쪽 구석에 곱게 누워 잠든 어린 여동생의 머리를 조심스럽게 어루만집니다.

소년과 가족이, 이 카파 고원에 지어진 작은 움막에서 생활한 지 벌써 3년째, 할아버지를 따라 이곳에 오기 전 그는 오래전에 몰락해 버린 가문의 철없는 아이였지만, 이젠 양을 치며 가족의 생계를 책임져야 하는 가장이었습니다.

소년은 오늘도 새벽 별이 사라지기 전에 일어나 하루를 부지런히 준비합니다. 밤하늘의 별이 반짝일 때마다 할아버지가 들려주던 가족이 가진 유난히 빛나는 칠흑빛 머리칼의 비밀이나 가

문의 내력 또는 전설로 사라져 버린 옛 왕국의 후손이라는 이야기들엔 전혀 관심이 없었습니다. 틈틈이 먼지가 쌓여 굳어진 바위들처럼 오래된 옛 조상들의 이야기들일 뿐….

오직 마음속엔 갈수록 안 좋아지는 할아버지의 건강과 아름다운 칠흑빛 머리칼을 가진 하나밖에 없는 누이동생에 대한 염려뿐이었습니다.

열심히 일해서 우리 예쁜 누이동생만큼은 행복하게 해 주어야 할 텐데….

사실 그는 양을 치는 목동보다는 세상을 여행하는 무역 상인이 되고 싶었습니다. 하지만 아무것도 가진 것이 없는 그에겐 양을 치는 목동 일만이 현재 가족을 지킬 수 있는 유일한 방법이었습니다. 그렇게 자신을 희생해서라도 할아버지와 어린 누이동생만큼은 지키고 싶은 것이 소년의 마음이었습니다. 그렇다고 해서 꿈을 포기한 건 아니었습니다.

어려운 환경 속에서도 시간이 날 때마다 마을에 방문하는 상인들이나 수도사들에게 부탁하여 책을 빌려 공부를 하였고 그런 그를 마을 사람들은 대견하게 생각하고 있었습니다. 그는 저 먼 바다 뒤편, 저 큰 산 너머 어디엔가 있을 자유로운 삶을 언제나 꿈꾸고 있었습니다.

달빛과 별빛을 흔들던 서늘한 바람이 그 마음을 다 안다는 듯, 소년의 머리칼을 스치고 지나갑니다. 바람의 짓궂은 장난에 상념을 털어 낸 그는 이미 깨어나 자신을 멀뚱멀뚱 쳐다보고 있는 양들을 향해 걸어갑니다. 이 카파 고원에서 시간이 정지한 듯 언제나 변함이 없는 건, 하늘의 달과 별 그리고 항상 먼저 깨어나 자신을 기다리고 있는 이 양들뿐이었으니까요.

이곳에는 사원 주변에 딸린 조그마한 집들이 수십 채가 모여 마을을 이루고 있었습니다. 대부분의 집들이 모두 사원의 소유였고 풀을 먹이며 돌보는 양들조차 그러했습니다. 이곳 사원은 소위 귀족들이나 부자들이 자주 방문하는 곳이었으며 그 영향력 아래 있는 마을 사람들은 이곳으로 기도를 드리러 오는 이들에게 물품과 숙식을 제공하며 생활하고 있었습니다.

사람들은 안정을 추구하며 오랫동안 대를 이어 이곳에서 살아왔고 또 그것이 다들 당연하다고 생각하고 있었습니다. 그 역시 오랜 시간이 흘러 이런 생활에 익숙해져 버리면 자신의 의지와는 상관없이 현실에 안주할지도 모른다는 생각을 하고 있었지만 그는 그러한 삶을 원하지 않았습니다. 이미 수많은 책을 통해 이 세상은 굉장히 크고 넓다는 사실을 잘 알고 있었기 때문입니다. 그와 더불어 어둠 속에서 피어나는 별들처럼, 할아버지가 들려주는 옛이야기들 또한 그의 가슴에 새로운 꿈을 심어 주기엔 충분했습니다. 궁지에 몰린 절체절명의 위기 속에서도 포기하지 않고 싸우던 조상들의 집념과 용기 그리고 우주와 대지 사이의 보이지 않는 힘을 이용해 불가능한 일도 이루어 내었다는 조상들의 마법 같은 이야기들이 어느덧 마음 깊은 곳에 조용히 녹아 내려 흐르고 있었던 것입니다.

그는 이 새벽이 사라지기 전에 입을 오물거리고 있는 하얀 양들을 모아 서둘러 길을 떠납니다. 다른 목동들이 깨기 전에 부지런하게 움직여야 합니다. 양들의 풀을 먹일 곳이 점차 줄어들어 이렇게 서둘지 않으면 또 다른 목동들과 꽤 심한 자리다툼을 해야 할 수도 있었기 때문입니다.

언제부터인가 그는 카파 고원의 깊숙한 숲까지 드나들게 되었습니다. 다른 목동들은 혹여 무서운 날 짐승들을 만날까 봐, 이곳까지는 올 엄두도 못 낸다는 사실을 알고 있었지만 그의 마음속엔 그런 두려움도 이겨 낼 수 있는 용기와 모험심이 가득했습니다. 오늘도 바람이 흐르는 수풀이 무성한 곳을 찾아 구름처럼 꿈틀거리는 하얀 양들을 자유롭게 풀어놓습니다.

이 붉은 대지 위에 뿌리를 둔 아름다운 자연은 잠시나마 평온함과 달콤한 휴식을 그에게 허락합니다. 지친 몸을 돌 뿌리 사이를 거칠게 비집고 나온 나무뿌리에 잠시 기대자 간간히 불어오는 풀 바람이 검은 머리칼을 기분 좋게 휘날립니다.

양들이야 좋은 곳에 풀어 놨으니 알아서 잘 먹고 놀겠지!

별다른 일은 없을 거라고 생각하던 그는 잠시 후, 떨어지는 낙엽들이 수북이 쌓여 가는 것도 모른 채 깊은 단잠에 빠져 버립니다.

아차!

눈을 떴을 땐 이미 해가 기울고 있었습니다. 그는 순간 걱정이 되었습니다. 저녁 시간이 되었는데도 목동이 돌아오지 않으면, 수도사들과 마을 사람들이 찾으러 다닌다는 사실에…. 수도원의 소유인 이 양들은 그만큼 소중한 자산이었습니다.

예전에도 어떤 목동이 양 한 마리를 잃어버려 온 마을이 소란스러웠던 일이 있었기에 그는 황급히 양들을 수습하기 위해 일어납니다. 자신에게 전염이 되어 버린 듯, 머리를 꾸벅되며 졸고 있던 양들 사이를 뛰어다니던 그의 얼굴이 하얗게 질리기 시작합니다.

한 마리.

두 마리!

세 마리?

이런, 양 세 마리가 보이질 않습니다.

순간, 그의 눈동자가 심하게 흔들립니다.

내가 잠든 사이에 늑대가 물어 갔나!

만약에 양 세 마리를 잃어버린다면?

수도원장님의 꾸중이 문제가 아니라 우리 가족 모두가 이곳을 떠나야 할 수도 있어.

그럼 내 가여운 여동생은….

소년의 등에 식은땀이 흐릅니다.

어떻게든 찾아야만 해!

제발!

그는 남은 양들을 한곳에 서둘러 모아 놓고는 사라진 양들이 이동했을 만한 곳을 찾아 급하게 뛰어다닙니다.

세 마리 양들은 얼떨결에 무리를 벗어나 버렸습니다! 양들도 처음부터 그럴 생각은 전혀 없었습니다. 하지만, 그동안 큰 뿔을 가진 못된 대장 양이 목동이 한눈을 팔 때마다 시도 때도 없이 달려와 뿔로 들이받고 발로 차며 수시로 괴롭혀 왔습니다. 그때마다 양들은 눈물을 글썽이며 촐랑촐랑 달려가 목동에게 고자질을 했지만 의사소통이 될 리가 없었지요.

오늘도 양들은 잔뜩 주눅이 든 채 조용히 풀을 뜯고 있었지만 목동이 잠들자마자 어슬렁대며 다가오는 대장 양의 실룩거리는 험악한 얼굴에 놀라, 얼떨결에 그만 줄행랑을 놓아 버리고 말았던 것입니다. 한동안, 뒤도 안 돌아보고 헐떡대며 도망가다 보니 너무 깊은 숲속으로 도망쳤나 봅니다.

아.

이런.

여기가 대체 어디지?

길을 잃은 양들은 슬슬 겁이 나기 시작했습니다. 거기에다 풀도 제대로 뜯지 못하고 도망쳤더니 배도 너무나 고픕니다.

이러다 '늑대'라도 만난다면!

무서운 생각이 들자 양들의 작은 뿔에 땀이 송글송글 맺힙니다. 양들은 해가 지기 전에 어떻게든 목동에게 돌아가야만 했습니다. 아마도 이 상태라면 하루도 버티지 못할 거라 생각하던 양들은 잔뜩 겁먹은 강아지들처럼 낑낑거리며 애타게 길을 찾아 나섭니다. 그렇게 굶주림을 참으며 한참을 헤매던 양들은 운 좋게도 저 언덕 너머로부터 불어오는 시원한 바람 속에 달콤한 과일 향이 묻어 있음을 알아챕니다. 조금은 생소하지만 매력적인 열매의 향기에 허겁지겁 언덕을 향해 달려간 양들에겐 놀라운 광경이 펼쳐져 있었습니다.

아.

이게 뭐지?

그동안 온갖 험난한 세상을 돌아다니며 여러 과일들과 풀들을 뜯어 봤지만 이렇게 탐스러운 붉은 열매들이 군락을 이루며 피어 있는 모습은 양 인생에 처음이었습니다. 그동안 아무도 알 수 없었던 이 비밀스러운 곳에서 태어난 신비한 열매들은 길을 잃고 헤매던 세 마리의 양들에 의해 우연히 발견되었고, 굶주림에 지쳐 있던 양들은 '너는 내 운명'이라 생각하며 배를 채우는 데 여념이 없었습니다.

잠시 후, 언덕 아래 풀숲에 털썩 주저앉아 있던 그는 순간 멍한 표정으로 자신의 눈을 비빕니다. 한참 동안 양들을 찾다가 지쳐 포기할 때쯤, 저 언덕 너머에서부터 괴상한 소리를 지르며 자신을 향해 달려오는 눈에 낯익은 하얀 물체들을 보며 말이지요.

양들은 신이 났습니다. 열매를 따 먹은 후론 몸에 힘이 솟구쳤습니다. 이젠 큰 뿔을 가진 대장 양도! 날카로운 이빨의 늑대들도 두렵지 않았습니다. 마침, 저 언덕 밑에 쪼그리고 앉아 자신들을 멍하니 쳐다보고 있는 목동이 보입니다. 양들은 반가움으로 눈을 동그랗게 뜬 채, 목동을 향해 힘차게 달려가 폴짝폴짝 뛰며 큰 소리로 자랑합니다.

메~ 에….

자신의 주변을 신나게 뛰어다니는 양들을 어이없이 지켜보던 그는 가슴을 쓸어내립니다.

휴.

정말 다행이다.

이 녀석들을 찾지 못했다면 우리 가족은 아마도 마을을 떠나야 했을지도 몰라!

그러나 곧 그는 양들의 행동이 평상시와 다르다는 것을 깨닫게 됩니다. 오줌 마려운 강아지들처럼 주변을 폴짝거리며 뛰어다니던 양들은 이젠 아예 침을 질질 흘리며 자신의 바짓가랑이를 물고 늘어집니다. 자신에게 따라오라며 앞서거니 뒤서거니 언덕을 향해 뛰어가는 양들을 소년은 허둥지둥 쫓아갑니다.

양들을 따라 도착한 그곳엔 석양빛에 반짝이는 붉은 열매들을 가득 품은 나무들이 군집을 이루며 장관을 이루고 있었습니다. 생전 처음 보는 풍경에 그의 다리가 다시 한번 풀립니다. 눈앞에는 땅에 떨어진 붉은 열매들이 수풀 속을 가득 뒹굴었고, 엄마 품에 안긴 아기들처럼 가지에 꼭 매달린 노을빛 열매들은 전설에 나오는 악마들의 날카로운 눈처럼 낯선 이방인을 노려보듯이 반짝입니다. 그의 이마에 식은땀이 다시 흐릅니다.

도대체 이 녀석들이 뭘 먹은 거야!

내일로 넘어가기 싫어 산 위를 기웃기웃 거리던 해가 결국 이별을 고하자, 이 땅에 어둠이 내리기 시작합니다. 양들을 몰아, 마을로 급히 돌아가는 그의 등 뒤엔 붉은 열매들을 담은 보퉁이가 한 보따리 메어져 있습니다.

이거 정말 괜찮을까!

그는 내심 마음이 불안합니다. 시간이 늦은 핑계를 수도원장님께 변명하기 위해 열매를 가져가는 이유도 있었지만, 허기진 배를 채우기 위해 얼떨결에 따 먹은 붉은 열매는 의외로 새콤달콤했습니다. 더욱이 이 붉은 열매를 먹은 뒤로는 피로도 가시고 정신이 더욱 또렷해지며 기운이 났습니다.

하지만, 이런 열매의 효능에도 마음에 일말의 불안감이 드는 건, 어쩔 수 없는 열매의 강렬한 색 때문이었습니다. 오래전부터 붉은색은 악마를 상징하였기에….

아니나 다를까!

마을에 도착했을 때는 수도사들과 마을 사람들이 웅성거리며 모여 있었습니다. 늦은 밤이 되었는데도 돌아오지 않는 목동을 찾기 위함이었지요. 아마도 사람들은 평소에도 깊은 숲속까지 양몰이를 하던 그가, 필시 늑대에게 변을 당했다고 생각했는지 각자 횃불과 긴 몽둥이를 들고는 잔뜩 긴장한 채 떠들고 있었습니다.

그곳엔 돌아오지 않는 오빠가 걱정되어 한참을 울었는지, 눈이 퉁퉁 부어 버린 아름다운 칠흑빛 머리칼의 여동생과 몸이 불편한 할아버지의 근심 어린 얼굴도 보였습니다.

그의 초조한 마음과는 다르게 눈치 없이 '메에'거리는 양들의 울음소리에 마을 사람들은 어둠 속에서 숨죽여 걸어오는 목동을 발견하고는 다들 놀라 소리를 지릅니다. 그는 이마에 흐르는 식은땀을 소매로 급히 닦으며, 마음속으로 간절하게 기도를 드립니다.

오.

신이시여!

제발 저 좀 살려주세요.

그는 사원의 수도원장님께 불려가 식은땀을 흘리며 오늘 있었던 일에 대해 열심히 설명합니다. 다행히 수도원장은 항상 성실

했던 목동의 귀환이 다행이라 여겼는지, 미소를 지으며 그의 말을 조용히 들어 주었지요. 심하게 혼이 날 줄 알았던 그는, 그새 긴장이 조금 풀렸는지 결국 비밀스러운 숲속에서 발견한 신기한 열매에 대해 이야기를 합니다.

그리고 이 열매를 따 먹은 양도 그리고 자신도 피로함이 모두 가시고 정신이 맑아지며 힘찬 기운이 났다는 설명과 함께 자신의 보따리를 풀어, 아무도 가 보지 못한 깊은 숲속에서 발견한 붉은 열매를 수도원장에게 보여 주고 맙니다.

하지만 그건 실수였습니다. 편견에 사로잡힌 사람들은 보이지 않는 진실보단, 보이는 거짓에 약하다는 사실을 그는 잠시 잊고 있었던 것입니다. 타오르는 모닥불 앞에 무릎을 꿇고 있는 목동 소년, 그 주위를 둘러싼 수도사들과 수도원장의 엄한 목소리에 불에 던져지는 붉은 열매들…. 지금 그는 후회하고 있었습니다.

저 열매를 가져오는 것이 아니었는데….

아니!

보여 주는 것이 아니었는데….

눈가에 눈물이 고입니다. 아마도 내일쯤에는 자신과 가족들 모두가 이곳을 떠나야 할지도 모릅니다. 타다닥, 깊은 소리를 내며 타들어 가는 붉은 열매처럼 그의 마음도 까맣게 타들어 가고 있었습니다.

한편 점점 재가 되어 가는 열매를 바라보던 수도원장은 사실 깊은 생각에 잠겨 있었습니다. 목동소년이 설명한 저 붉은 열매, 그 열매를 먹은 양들의 반응과 변화들…. 피로가 가시고 정신이 맑아졌다는 말에, 늦은 밤만 되면 기도하다 꾸벅꾸벅 조는 젊은 수도사들의 모습이 떠오릅니다. 수도원장은 그동안 소년의 행실을 보아 그의 말이 진실일 것이라는 건 짐작하고 있었습니다. 언제나 부지런하고 성실하며 늦은 시간까지 공부에 열중하던 소년을 자신 역시 매우 기특하게 생각하고 있었기 때문입니다.

그러나 자신이 아무리 수도원장이어도 예전부터 내려오는 속설을 무시하고 많은 사람들이 지켜보고 있는 가운데 독단적인 결정을 할 수는 없었습니다. 이곳 사원에 오는 이들은 대부분이 큰 부자들과 유력 가문의 일원들이었고, 그들이 내는 헌금으로 인해 사원이 유지되고 있었기 때문입니다. 만약 누군가가 그들에게 좋지 않은 이야기를 전한다면 사원에 곤란한 일이 생길 수도 있었습니다.

휴.

저 열매가 붉은색만 아니었어도.

그 많은 색들 중에 하필이면 악마를 상징하는 붉은색이라니!

눈을 들어 모닥불을 바라보는 수도원장의 얼굴엔 시간이 흘러 갈수록 안타까움이 깊어집니다.

그 안타까움은 수도원장뿐만 아니라 마을 사람들 역시 마찬가지였습니다. 그만큼 열매가 타들어 가며 풍기는 향기는 정말 매력적이었습니다.

조금씩 코끝을 자극하던 향기는 마치 전설의 마법처럼, 사람들에게 평안을 주며 타오르는 불속에서 더욱 풍요로워지고 있었습니다. 생각지도 못한 깊고 매혹적인 향기에 주위에 모여 있던 마을 사람들과 수도사들이 결국 웅성거리기 시작합니다. 그들 역시 느끼고 있었습니다. 최면을 걸듯 안개처럼 고요하게 퍼지는 이 마법 같은 향기의 힘을….

그 사이 열매는 다 타들어 간 듯 검게 그을린 씨앗들만 남았습니다. 지친 듯 힘없이 고개를 숙이고 있던 그는 열매의 향기에 놀라 눈을 동그랗게 뜨고 있는 사람들의 표정에 마지막 희망을 걸어 보기로 합니다. 지금 당장 갈 곳도, 살 곳도 없는 막막한 처지였기에 가족을 위해서라도 어떻게든 사람들에게 열매의 효능을 알려야 했습니다. 그의 마음은 간절했습니다. 그리고 기적은 언제나 그렇듯이 그런 간절함 속에서 태어나지요.

잠재된 기억 속에 달빛과 별빛이 찬란한 밤. 이 대지의 한 모퉁이에 둘러앉아, 자신과 어린 누이에게 들려주던 할아버지의 마법 같은 옛이야기들이 떠오릅니다. 태초부터 존재하던 거대한 우주의 에너지와 이 대지의 빈 공간에 가득 차 있다는 보이지 않는 힘들. 간절하게 원하고 의심 없이 믿으면 소망을 이루어 준다는 이 존재들을 향해 그는 절실하게 자신의 마음을 고백하기 시작합니다.

사랑하는 어린 누이동생 그리고 병든 할아버지를 위해서….

아주 먼 곳에서 오랜 시간 동안 그를 지켜보던 우주의 기운과 대지의 기운들은 지금 그의 간절한 고백에 귀를 기울이고 있습니다. 그들은 이미 언젠가는 그가 자신들을 믿고 찾을 것이란 걸 알고 있었습니다. 그의 옛 조상들이 그랬던 것처럼, 그 역시 자신들의 존재를 알고 있는 몇 안 되는 사람의 후손이었기에 그들은 항상 때를 기다리며 소년을 예의 주시하고 있었지요. 그리고 그들은 자신들의 힘을 믿고 의지하는 사람을 단 한 번도 외면한 적이 없었습니다.

언제나, 자신의 존재를 이 세상에 과시하고 싶었던 이 거대한 에너지들은 자신들이 가진 무한한 힘을 기다렸다는 듯이 소년을 중심으로 쏟아 내기 시작합니다. 그의 간절한 소망을 위해서.

그렇게 시간이 흐르고 1년 후. 해가 지고 어둠이 깔리기 시작하자, 젊은 수도사들이 삼삼오오 모여 호롱에 불을 붙이기 시작합니다. 그들은 기도를 시작하기 전에 곱게 빻은 검은 가루를 물에 넣고 끓이며, 이 시간이 마냥 즐거운 듯 소곤소곤 담소를 나누며 행복해합니다.

먼발치에서 그 모습을 흐뭇하게 바라보던 수도원장은 잠시 지난 일을 생각합니다. 1년 전 소년이 붉은 열매를 가지고 온 그날, 소년은 다 타 버린 열매의 씨앗만이라도 검증받게 해 달라며 그에게 눈물로 간곡하게 청하였습니다. 마을에 모여 있던 사람들 역시 소년의 진실함을 잘 알고 있었고 다들 열매의 향기에 깜짝 놀란 터라 수도원장은 수도사들과 마을 사람들의 암묵적인 동의하에 소년에게 기회를 주었습니다.

사실 다들 그 열매가 무척이나 궁금하였습니다. 열매가 타면서 풍긴 기이한 향기는 이 세상 것 같지가 않았기 때문입니다. 소년에겐 이것이 그에게 주어진 인생의 처음이자 마지막 기회였습니다.

소년은 다 타 버린 열매를 뒤적거려 열매의 씨앗만을 검은 재 속에서 조심스럽게 건져 냅니다. 이미 검게 그을린 씨앗들이었지만, 오히려 향기는 더욱 풍성해지고 강렬해져 있었습니다. 이 검은 알갱이를 손톱으로 지그시 누르자 바스락거리며 부서집니다. 그것을 입으로 가져가 조금 맛본 소년의 눈이 놀라움으로 커집니다. 어느새 그의 눈은 자신감으로 빛나고 있었습니다. 그는 잠시의 망설임도 없이 씨앗을 잘게 빻아 뜨거운 물에 넣고 우려내기 시작합니다. 그동안 가족을 위해 수없이 약초와 차 잎을 끓여 본 터라 오래전부터 해 온 것처럼 그의 손이 아주 능숙하게 움직입니다. 그는 본능적으로 향이 가장 진하게 올라올 때를 잘 알고 있었습니다. 그는 이 차의 향기가 최고로 강해졌을 때, 그것을 꺼내어 사람들에게 조금씩 나누어 주었습니다.

곧 굳어 있던 사람들의 얼굴에 놀라움이 스칩니다. 향기는 물론이고 그 뒤에 오는 독특한 풍미가 정말 예사롭지가 않았습니다. 그리고 시간이 흐름에 따라 정신이 맑아지고 기운이 솟는다는 것도 사실이었습니다. 모든 사람들이 토끼 같이 놀란 눈으로 소년을 바라봅니다. 소년의 이름은 '카이' 한동안 긴장해 있던 그의 눈빛이 그제야 평온해집니다.

자신을 설득했던 소년 덕분에 그리고 그가 만들어 낸 새로운 차 때문에 지금은 전국 각지에서 신도들이 가르침을 받기 위해, 이곳 사원으로 모여들고 있었습니다. 이 붉은 열매의 씨앗을 달여 먹은 이후론, 닭 졸듯이 꾸벅거리던 젊은 수도사들이 밤새 지치지 않고 자정이 넘도록 기도하는 기적이 일어났고, 사원엔 낮이나 밤이나 활기로 넘쳐 흐르기 시작했습니다.

이곳 카파 고원 사원의 수도사들은 영혼이 순결하여 늘 기도하며 성스러운 삶을 살아간다는 소문이 곳곳으로 퍼져, 그 가르침을 받기 위해 모여드는 신도들로 문전성시를 이루고 있었던 것입니다. 그동안 세월에 쌓인 수도원장의 주름진 이마가 사원에 대한 자부심으로 환하게 펴집니다. 그리곤 자신도 모르게 한때는 왕족의 후예였다는 카이라는 소년이 가져올 붉은 열매를 생각하며 입맛을 다십니다.

새벽 별 시리우스가 언덕 위 나뭇가지에 걸려 대롱거리는 시간, 그는 버릇처럼 자리에서 일어납니다. 그러고는 침대 위에 곱게 잠든 어린 여동생의 머리를 쓰다듬으며 환한 미소를 짓습니다. 붉은 열매를 처음 발견하여 그것을 설득 끝에 수도원장님과 수도사들에게 달여 마시게 한 후, 그의 삶엔 많은 변화가 있었습니다.

병이 들었던 할아버지도 치료를 받아 건강해지셨고, 아름답게 자라고 있는 여동생 '마리 엔'도 깨끗하고 좋은 환경에서 교육을 받게 되었습니다. 이제 이곳에서 그는 없어서는 안 될 소중한 존재가 되어 있었습니다. 그는 이젠 힘들게 양을 치지 않아도 되었습니다.

사원의 허락을 받아 양을 치는 목동에서 벗어나 상인의 길을 갈 수 있게 되었고, 그의 노력으로 열매의 씨앗을 달여 먹는 방법과 그 효능이 전국으로 퍼지기 시작하고 있었습니다. 그의 삶은 평온해졌고 앞으로도 그럴 것임을 스스로도 잘 알고 있었습니다.

다만, 가끔씩 붉은 열매를 가지고 돌아올 때마다 어떻게 알았는지 허겁지겁 달려와 열매를 달라며 바짓가랑이를 물고 늘어지는 이 세 마리 양들을 제외하곤 말입니다. 늦은 가을 달빛 그림자가 조금씩 길어지듯, 짙은 칠흑빛 머리칼의 카이는 자신도 모르는 사이, 그렇게 커피의 전설이 되어 가고 있었습니다.

그 후 이 카파 고원에서 숨을 쉬고 있는 모든 새들과 길게 가지를 늘어트린 나무들 그리고 새벽이슬에 춤을 추는 어린 풀잎들과 야생화들이 여러 번 계절의 색동옷을 갈아입는 사이에 소년은 어느새 성장하여 이젠 늠름한 청년이 되었습니다. 붉은 열매를 발견한 이후, 그의 삶은 변했으며 스스로 운명을 개척하게 되었습니다.

그가 오래전 양을 치던 목동에서 벗어나 무역을 하는 상인의 길을 걸은 지 십여 년 간, 그는 각 나라의 사원과 수도사들 그리고 많은 사람에게 이 붉은 열매의 씨앗을 빻아 만든 가루를 공급하였습니다.

특히, 밤늦은 시간까지 기도를 하는 젊은 수도사들이나 귀족들 또는 몸이 불편한 이들에게 활력을 주는 소중한 음료였기에 공급이 수요를 따라가지 못할 정도로 인기가 많았습니다. 그는 이 붉은 열매의 씨앗을 팔아 벌어들이는 막대한 수익으로 넓고 기름진 붉은 토양의 땅을 매입하였고 몇 년 전부턴 많은 사람들을 고용해 이 나무의 묘목을 심어 열매를 수확하는 데 성공하였습니다.

열매의 생산량은 크게 늘어났고, 이제 사람들은 이 열매를 카파(Kaffa)라고 부르기 시작하였습니다. 이 카파의 효능이 여러 나라에 알려지며 그것을 구하고자 하는 사람들로 문전성시를 이루고 있었습니다.

모두들 그의 카파를 간절히 원하였습니다. 이제 그의 꿈은 더욱 원대해졌습니다. 그렇게 어린 소년에서 이젠 자신의 마음 끝 소망을 이루어가는 멋진 청년으로 성장한 카이. 그는 어느새 아름다운 처녀가 되어 버린 사랑하는 여동생 '마리 엔'의 손을 잡고 파란 언덕에 올라 넘실거리는 에메랄드빛 파도를 바라봅니다. 그곳엔 멋지게 완성된 자신의 범선이 웅장한 자태를 뽐내며 떠 있었습니다.

'마리 엔' 언제나 잊지 말아야 한단다.

'모험이 없다면 기적도 없다는 것을'

두껍고 기름진 기둥, 강한 바람에도 버티도록 튼튼하고 정교하게 만든 단단한 열 개의 돛대와 언제든 큰 파도와 싸울 수 있도록 선체를 날렵하게 깎아 다듬어 놓은 이 아름다운 범선에 그의 카파가 가득히 실리고 있었습니다.

그는 하얀 돛이 바람에 펄럭이는 이 튼튼하고 아름다운 범선을 타고, 저 넘실거리는 망망대해에서 사나운 파도와 고막을 때리는 천둥 번개와 싸우며 세상을 항해하는 멋진 꿈을 꾸고 있었습니다. 그렇게 동이 떠오르는 새벽 '카이'는 사랑하는 여동생 '마리 엔'을 홀로 남겨 둔 채, 자신의 범선을 타고 꿈을 이루기 위해 깊고 푸른 바다를 향해 떠납니다.

그날 저녁 이곳 카파 고원의 언덕에 거센 폭풍이 몰아칩니다. 성난 파도가 바위에 부서져 하얀 물거품이 이리저리 흩어집니다. 언덕에 올라 겹겹이 밀려오는 검은 파도를 바라보는 '마리 엔'의 눈엔 어느새 사막 땅속 깊은 곳의 우물처럼 투명한 눈물이 가득 고여 있습니다.

그날 새벽…. '천둥 속의 폭풍 속'에서 '폭풍 속의 천둥 속'에서 용감하게 싸우던 카이는 그렇게 다시는 사랑하는 마리 엔의 곁으로 돌아오지 못하였습니다. 시리우스가 검은 구름에 가려 빛을 잃어버린 새벽, 카이를 애타게 부르는 그녀의 애절한 슬픔이 차가운 바람에 실려 카파 고원 곳곳에 울려 퍼집니다.

_P.S

그 후 카이는 1500여 년 후, 칠흑빛 머리칼을 간직한 채, 고요하지만 밝고 아름다운 이곳에 다시 태어납니다. 그는 현세에 태어나기 전 옛 기억들을 모두 잃어버렸지만, 어느 날 블랜딩에 대한 깨달음을 얻은 후 매일 밤 계속되는 과거의 잔상들로 인해 조금씩 자신이 누구였는지를 기억하게 됩니다. 과연 그는 이번 삶에선 자신의 소망을 이룰 수 있을까요! 그리고 아주 오래전 자신이 그토록 사랑했던 여동생 '마리 엔'을 다시 만날 수 있을까요….

마법의 블랜딩

블랜딩이란 그동안 세상에 존재하지 않던 맛을 새롭게 설계하고 창조하는 예술적인 작업입니다. 애초에 극소수의 선택받은 사람만이 이런 기술을 얻어 세상에 선보여 왔습니다. 수십 명의 연구원들이 하나의 블랜딩 커피를 만들기 위해 수많은 밤을 지새우고 노력하던 시간들을 단 하루 만에 허무하게 만들어 버리는 이 선택받은 블랜딩 기술은 소수의 선택받은 사람에게 신이 내려 주신 특별한 선물이었습니다.

지금 우리가 접하는 수많은 블랜딩 커피에 대해 조금 불편한 시선이 존재하는 건, 커피를 수단으로만 생각하거나 시장경제의 독점을 원하는 일부 사람들 때문입니다. 그들이 항상 주장하는 건 '이렇게 만들어도 사람들은 커피 맛을 몰라서 괜찮아'입니다. 문제는 이런 사람들의 대부분이 커피시장에 영향력을 미치고 있다는 사실이겠지요.

이론적으로 나와 있는 몇 안 되는 블랜딩 커피의 방법들조차 목표를 정하고 만들어진 것보단 오랜 세월 동안 쌓인 데이터에 의해 만들어진 것들입니다. 그러나 우리가 어느 곳에 가면 행운과 선물이 있다는 걸 안다면 우린 언제든 원하는 것을 얻을 수 있을 것입니다.

커피가 만들어지는 과정은 사람이 태어나고 자라나는 과정과 아주 흡사합니다. 좋은 토양에서 태어나 태양과 달의 보호 아래, 서늘한 바람과 촉촉한 비 그리고 다양한 커피 디자이너들의 노력에 의해 한 잔의 커피로 탄생합니다.

이 모든 과정은 우리들이 세상에 태어나 부모의 사랑과 스승의 가르침을 받으며 세상이라는 무대에서 홀로 서는 모습과 아주 흡사하지요. 우리가 어떻게 가꾸고 스스로 노력하느냐에 따라서 우리의 삶이 정해지듯, 커피 역시 그런 과정을 통해 다양한 모습으로 세상에 태어납니다.

만약 지금 당신 앞에 있는 한 잔의 커피가 사람이라면 어떤 모습을 하고 있을까요! 어떨 땐 신비한 에메랄드 눈빛의 소녀일 수도 있으며 세상에서 가장 아름다웠다는 헬레네의 모습일 수도 있습니다. 또는 백마를 탄 왕자님이나 어쩌면 동냥하는 부랑자일 수도 있지요.

이렇듯 블랜딩이란 다양한 원두의 특성을 파악해 새로운 모습으로 만들어 내는 창조의 영역입니다.

앞으로 《어린 왕자에게 들려주는 커피 이야기》를 통해 우리가 정말 궁금해하던 것들을 솔직하고 담담하게 풀어낼 생각입니다. 이 이야기들이 그동안의 삶에 지쳐 혼탁해져 버린 우리들의 마음을 비춰 볼 수 있는 투명한 거울이 되어 주기를 소망합니다.

(생텍쥐페리의 《어린 왕자》를 참고하였습니다.)

어린 왕자에게 들려주는

커피 이야기 1

초판 1쇄 발행 2020년 11월 15일

지은이 이태완
인물그림 안지영
일러스트 이하연
펴낸이 이기봉
편집 좋은땅 편집팀
펴낸곳 도서출판 좋은땅
주소 서울 마포구 성지길 25 보광빌딩 2층
전화 02)374-8616~7
팩스 02)374-8614
이메일 gworldbook@naver.com
홈페이지 www.g-world.co.kr

ISBN 979-11-6536-957-6 (03810)

• 가격은 뒤표지에 있습니다.

• 파본은 구입하신 서점에서 교환해 드립니다.

이 도서의 국립중앙도서관 출판예정도서목록(CIP)은 서지정보유통지원시스템 홈페이지(http://seoji.nl.go.kr)와 국가자료공동목록시스템(http://www.nl.go.kr/kolisnet)에서 이용하실 수 있습니다. (CIP제어번호 : CIP2020045878)